卯の花月夜

江戸菓子茶店うさぎ屋

篠 綾子

時代小説文庫

角川春樹事務所

本書は、ハルキ文庫のために書き下ろされた作品です。

目次

主な登場人物

［うさぎ屋］

なつめ……内藤宿で小さな菓子茶店「うさぎ屋」を営む。母代わりである了然《りようねん》尼《に》、長年了然尼に仕える老夫婦・正吉《まさきち》とお稲《いね》と共に、上落合村の泰《たい》雲寺《うんじ》に暮らしている。二十二歳。

［照月堂］

久兵衛《きゆうべえ》……菓子職人を志したなつめが修業をした駒込の菓子舗「照月堂」の主人。若いころに京で修業した経験を持ち、幕府歌学方北村季吟《きぎん》も認める腕前を持つ。

郁太郎《いくたろう》……久兵衛の長男。十四歳。弟の亀次郎とともに、照月堂で菓子修業を始める前のなつめから読み書きを教わっていた。

亀次郎《かめじろう》……久兵衛の次男。十二歳。幼い頃から絵を描くのが上手。親を亡くして照月堂に引き取られた同い年の富吉《とみきち》と仲がよい。

おまさ……久兵衛の女房。先妻の子で血の繋がりがない郁太郎と実の子・亀次郎を分け隔てなく育て、引き取った富吉にも母親代わりとして愛情深く接する。

おその……照月堂一家の親戚筋で、昼は照月堂で女中として働く。昔、安吉《やすきち》と同じ長屋に暮らしていたことがあり、今も安吉を大切に思っている。

［辰巳屋］
辰五郎《たつごろう》……照月堂の元職人。久兵衛からの信頼も厚かったが、菓子作りの志向の違いから独立し、本郷で始めた小さな菓子舗「辰巳屋《たつみや》」を営む。

［京菓子司果林堂］
柚木長門《ゆきながと》……宮中に主果餅《くだもののつかさ》として仕える柚木家の嫡男だが、現当主・九平治《くへいじ》が柚木家へ養子に入り、その義弟として遇されることになった。十七歳にして、誰もが認める菓子作りの才を持つ。

安吉……長門の補佐役。照月堂の元職人で、なつめの兄弟子。久兵衛の紹介で京の果林堂で働くようになった。

［泰雲寺］
了然尼……泰雲寺を建立し、現在は住職を務める。かつて宮中で東福門院《とうふくもんいん》に仕えていた。二親を早くに亡くしたなつめを引き取り、以来常に変わらず見守り続けている。

卯の花月夜

江戸菓子茶店うさぎ屋

第一話　菓子茶店の一日

一

ここは、江戸の西、甲州道《こうしゅうどう》（のちの甲州街道）の道筋に当たる内藤宿《ないとうしゅく》の菓子茶店《ちゃみせ》。

「おはようございまあす」

明るく弾むような少女の声に、なつめはへらをかき回す手は止めぬまま、

「おはよう」

と、返事をした。

「んー、今朝もいいにおい」

店へ入ってきた少女は厨《くりや》の入り口まで来て、大きく息を吸い込みながら言う。

「小春《こはる》ちゃんは、毎朝それね」

った。

「だって、いつも美味《おい》しそうなんですもん」

小春はなつめの手もとを見やりながら、小さく口を尖《とが》らせる。だが、のんびりしてはおらず、すぐに襷掛《たすきが》けになると、「客席のおそうじ、始めます」と水を汲《く》みに裏庭へ出ていった。

なつめはくすっと笑った。

なつめはこの菓子茶店「うさぎ屋」の女主人で、小春は運び役兼、雑用係である。

一年前に店開きして、初めはなつめが一人で切り盛りしていたのだが、菓子作りから接客まですべてをこなすのが厳しくなっていた去年の秋頃、

――うちの妹を手伝いに来させようか。

と、常連客の一人から話を持ちかけられた。

とりあえず会ってみると、年齢は十一歳と幼く、外で働いた経験もないというが、とにかく明るく元気で、はきはきしている。接客にはもってこいなので、渡りに船と手伝ってもらうことにした。

それが、この小春だ。

朝から昼の八つ時（午後二時頃）まで、小春が手伝ってくれるお蔭で、なつめは菓子作りに力を注げるようになった。一人の頃は、出せる団子もみたらし一種であったが、今は餡《あん》や黄《き》な粉《こ》を添えたものも出している。

なつめが今、へらでかき回しているのは、みたらし団子のたれ。

江戸の近郊で作られる地廻《じまわ》りの濃口醤油《こいくちしょうゆ》に、下りものの薄口《うすくち》醤油を少々、砂糖、甘葛《あまづら》、それに胡桃《くるみ》の蜜煮《みつに》の出汁《だし》を加える。

水気が飛んで、ちょうどよいとろみ加減になったところで、なつめは鍋を火からおろした。匙《さじ》ですくって、ふうふうと息を吹きかけ、適度に冷めたところで、まずは味見である。

「うん、大丈夫」

いつもの味だ。胡桃の蜜煮は、水飴《みずあめ》、胡麻《ごま》、蜜醂《みりん》酒などで作るのだが、これはこれで客に供しつつ、そのたれをほんの少し、みたらし団子のたれに加えている。そうすると味にこくと深みが増すのだ。

それから、白玉団子作りに餡作りと、なつめは忙しく手を動かした。

団子の方が一段落すると、なつめは餅菓子《もちがし》作りに取りかかった。糯米《もちごめ》を蒸して搗《つ》き、米粒がつぶれたところで、砂糖と小麦の粉、片栗粉《かたくりこ》を加えてさらに搗く。この作業は小春に手伝ってもらうこともある。

そして搗き上がった餅を丸め、表面に細工を施《ほどこ》して、うさぎの形に拵《こしら》えたら完成だ。

この〈望月《もちづき》のうさぎ〉はなつめにとって何よりも大事な菓子。なつめが菓子作りの修業をした駒込《こまごめ》の菓子舗、照月堂《しょうげつどう》で出している品である。

その前身は、〈最中《もなか》の月《つき》〉という白い丸餅だったのだが、同じ菓銘《かめい》の煎餅《せんべい》が出回っていたこともあり、当時、売れ筋の品ではなかった。なつめは照月堂で働いていた職人と一緒に、丸餅の見た目をうさぎの形に変え、併《あわ》せて〈望月のうさぎ〉という菓銘にすることを発案。それが功を奏して菓子は売れ、なつめが菓子職人の道に入るきっかけともなった。

なつめが菓子茶店を開くことになった時、照月堂の主人であり、なつめの師匠でもある久兵衛《きゅうべえ》は、望月のうさぎを作って出すことを許した。そこで、なつめは菓子茶店の名をうさぎ屋にしたいと考え、久兵衛に相談したところ、いいだろうとなったのだった。望月のうさぎは、店開きの当初から品書きの一角を占め、うさぎ屋のまさに看板菓子となっている。

やがて、朝五つ時（午前八時頃）には菓子作りも一段落し、小春がいつものように暖簾《のれん》を掲げた。色は、菓子屋で使われることの多い真っ白なものだ。

うさぎ屋は甲州道沿いに建っているが、内藤宿は正式な宿場ではなく、店が連なっているわけでもない。うさぎ屋の両隣は空いていて、客が多くなればここにも縁台を置くことができる。

茶屋はこの辺りに一軒だけで、蕎麦《そば》屋が二軒、煮売り屋が一軒、同じ通り沿いに建っていた。空き地には時折、煙草《たばこ》売り、飴売りなどの屋台見世《やたいみせ》が出ることもある。

うさぎ屋も含め、この辺りの店の客は、甲州道を行き来する旅人たちが多い。

暖簾を掲げて間もなく、「邪魔するよ」と入ってきた客は、商人風の中年の男と若い男の二人連れであった。

「いらっしゃい」

なつめと小春の声が重なる。小春が注文を取りにいくと、

「みたらし団子と茶を二人分で」

中年の男が注文する。煎《せん》じ茶と十薬《じゆうやく》（どくだみ）茶、麦湯があることを告げると、若い客は煎じ茶、中年は十薬茶を注文した。十薬とは十の薬効があると言われ、主に腹痛や腫《は》れ物《もの》などに使われる生薬である。若干の苦味はあるが、茶として飲むのも体にいいとされていた。

注文の品をなつめが調《ととの》えると、小春がそれを運ぶ。

「ん？　これが団子か」

中年の客が出された皿に妙な目を向けていた。

「はい。それがうちのみたらし団子です」

小春が胸を張って言う。

みたらし団子は、京の下鴨《しもがも》神社の御手洗池《みたらしいけ》に由来する。その池に浮かぶ泡を模《かたど》った団子を門前で売り出したのが元祖なのだとか。一本の串に五つの団子で、五文が相場だ。

もちろん、うさぎ屋でも団子の数と値段は同じなのだが、違うのは串が短いこと。その串には団子が一つ刺さっているだけで、残り四つは皿の上に盛られており、上からたっぷりとたれがかかっている。

「どうして、ぜんぶ串に刺さってないんだい？」

と、客が尋ねた。小春に説明させるのもどうかと思い、なつめが厨から出ていこうとした時、新たな客が入ってきた。

「みたらし団子二本にお茶ね」

入ってくるなり注文したのは、初老の女客であった。

「はあい。少々お待ちを」

なつめはすぐに返事をし、支度を始めた。茶の種類を訊《き》き返さないのは常連客だからだ。

女はこの辺りで振り売りをしており、名をおときという。売っている品はいろいろで、青菜《あおな》のこともあれば豆腐のこともあり、冷や水のこともある。朝のうちに籠の品を売りさばき、次の品を仕入れにいく途中で、なつめの茶屋で一休みというのが、いつものことであった。

「おや、お兄さんたち、新顔だね」

おときは、みたらし団子の皿を前に妙な顔をした男客二人と、そばに立つ小春の様子から、状況を察したらしい。

「どうして、串に刺さっていないか、訊いてたんだろ。なら、あたしが教えてあげるよ」

おときはそう言い、男客たちの近くに座ると、「あんたは仕事。行った、行った」と小春を厨の方へ追い立てた。

「ま、お兄さんたちは食べながら聞きなって。ここのたれは本当に美味《うま》いから」

そんなことまで言いながら、おときは男たちに話をした。

なつめの茶屋でも、初めは余所《よそ》の店と同じように、五つ串刺しにしたみたらし団子を出していた。だが、尖った串の先端は危ない。余所の店のことではあるが、歩き食いをしていた人が怪我をしたという話も聞く。そこでなつめは、この茶屋で出す品が因《もと》で怪我をする人が出ないよう、できる工夫を考えた。

串を短くし、黒文字《くろもじ》のように使って食べれば、危なくない上、むしろ今よりも食べやすくなるのではないか。

「ほら、長い串の下の方の団子は、どうしたって食べにくいだろ」

おときの話に「なるほどなあ」とうなずきながら、男客たちは短い串で団子を一つずつ突き刺しては、皿のたれをたっぷりつけて、口へ運んでいる。

「おときさん、お待ち遠さま」

小春がおときの注文の品を届けた。

「ああ、待ってたよ」

おときは皿と茶碗を受け取ると、にこにこしながら、一つだけ串に刺してあったみたらし団子にぱくっと食いついた。

男客たちへの説明は中途半端だったが、もうそんなことは忘れたかのように目を細めて、団子を食べている。小春は、仕方ないなというように苦笑しながら、

「お客さん、お味はいかがでしたか」

と、男客たちに訊いている。

「ああ、美味かったよ。初めは見慣れねえ団子だなと思ったが、むしろこっちの方が食べやすかったな」

「このたれが実にいい。何か隠し味でも使ってるのかな」

その問いかけには、小春はふふっと笑うだけで何も答えない。

「どうもありがとうございます」

注文の品を用意し終わったので、なつめは厨から顔を出して挨拶《あいさつ》した。

「女将《おかみ》さんです」

との小春の言葉に続いて、「いらっしゃいませ、今後ともご贔屓《ひいき》に」と頭を下げる。

「みたらし団子の元祖は京の品ですから、初めは薄口醬油を使っていたんですけれど、ここは江戸ですからね。濃口醬油を使うようにしたんですよ」

なつめが醬油を濃口に変えようかと考えていた時、背中を押してくれたのは師匠の久兵衛であった。

――お前の店で団子を食べる客の多くは、長い道を歩いてきた男たちなんだろ。濃口醬油、いいじゃねえか。体を使う連中は濃い味を好むもんだ。

確かに客の多くは遠方と江戸を行き来する旅人であり、中には重い荷を背負った人などもいた。

そこでたれの味を濃口醬油中心に変え、さらに味を調えるため胡桃の蜜煮を加えたところ、すこぶる好評を得るようになった。おときのように常連客の多くは、みたらし団子を頼んでくれることが多い。

「ふう。今日も美味かった。これで、また一仕事できるってもんだね」

いつの間にか、おときは団子を平らげて、にこにこしていた。この笑顔とまた頑張れるという客の言葉が、なつめにも力をくれる。

「ごちそうさん、また来るからね」

「俺たちもここを通った時は、必ず寄るよ」

おときと男たちはそう言い置いて、満足そうな表情で帰っていった。

二

いったん客は引けたものの、片付けを終えた頃、また新たな客がやって来る。なつめが菓子と茶の用意をし、小春がそれを運ぶということをくり返しているうち、時刻はいつしか朝四つ時（午前十時頃）に――。ちょうどその頃、

「お邪魔さま」

四十路《よそじ》ほどの女の二人連れが暖簾をくぐって入ってきた。厨から戸口は見渡せないのだが、その懐かしい声に気づかぬはずがない。

「おかみさんに、おそのさん！」

なつめは厨と店を仕切る暖簾から顔を出して、二人に挨拶した。

照月堂の主人、久兵衛の妻のおまさと、照月堂の女中おそのである。女中といっても、おそのは照月堂の主人一家の親戚筋で、今は夫と共に久兵衛の父、市兵衛《いちべえ》の隠居所で暮ら

していた。市兵衛の世話をしながら、毎日ではないが、照月堂にも顔を出しているそうだ。

「遠いところ、よくお出《い》でくださいました」

なつめの挨拶に続き、小春が「いらっしゃいませ」と笑顔を向ける。

「あら、あなたが小春ちゃんね」

　顔を合わせるのは初めてだが、ひと月ほど前、なつめが照月堂を訪ねた時に話していたため、おまさはすぐに分かったらしい。「え、どうして、あたしのこと」「そりゃあ、なつめさんから……」などと言葉を交わしつつ、小春が席へ案内するのを見届け、なつめは奥に引っ込んだ。

　二人のための皿と湯飲み茶碗を用意していると、小春がやって来て、

「望月のうさぎと十薬茶をご注文です」

と、明るい声で言う。望月のうさぎはもとより照月堂の品、おまさとおそのに出すのは気が引けるが、そうも言っていられない。すぐに用意しようとすると、

「女将さんはお二人のところへどうぞ。用意はあたしがします」

　小春が気を利かせて言ってくれた。

「でも……」

「他のお客さんがいらっしゃるまで、お話ししてきてください。お二人は、女将さんとお話ししたくていらしたんですから」

「それじゃあ、ええっと、お菓子は……」

なつめが望月のうさぎを選ぼうとすると、「分かってますって」と小春から言われてしまった。

「ちゃあんと、形が整ってるのをお持ちしますから」

任せてくれと言わんばかりに、最後は背中まで押された。そこで、あとは小春に任せることとし、なつめはおまさとおそのの席へ向かった。

「あたしたちの相手をしてもらっていいのかしら」

気がかりそうに言うおまさの顔色が少し疲れ気味に見える。小春が頼りになるから大丈夫だと答えた後、なつめはおまさに体の調子を尋ねた。もともと、おまさは体があまり丈夫ではなく、前には寝込んでいたこともある。

「余計な心配させちゃったかしら。年も年だから、ちょっとしたことで疲れちゃうだけ。十薬茶をいただくから、疲れも取れるわ」

などと言って、おまさは朗らかに笑っている。ここへ来るのも大事を取って駕籠《かご》を使ったそうだが、それでも体が疲れやすいのであれば心配だ。

なつめの脳裡《のうり》にふと、ある菓子が浮かんできた。

前におまさが体を壊した時、久兵衛が棗《なつめ》の実で作った〈養生《ようじよう》なつめ〉という菓子である。これは今では照月堂を代表する菓子となっており、なつめの茶屋でも〈望月のうさぎ〉と並び、客に供することを許されていた。干した棗の実を蜜漬けにしたものを使うのだが、長くそれの出来上がるのが秋の半ば過ぎ。蜜漬けを作り始める時期を少しずつずらせば、供することもできるが、それでも冬いっぱいで使い切ってしまった。

（養生なつめのように、体にいい菓子を季節に合わせて作っていきたい。いずれは一年中、何がしかの養生菓子をお客さんに食べてもらえるように——）

そう思いつつ、なつめもいろいろ試しているところだ。

「お待ち遠さまです」

その時、小春が菓子と茶を持ってきた。

「どうぞお召し上がりください」

意気揚々と差し出された皿の上に、おまさとおそのの目が吸い寄せられている。なつめも同じだった。

「あらま。うさぎが色づいてるわ」

吃驚《びっくり》した声でおまさが呟《つぶや》く。本来真っ白なはずの望月のうさぎが、うっすらと紅《くれない》色に染まっていたのだから無理もない。

「小春ちゃん！」

なつめは思わず声を大きくした。

「これは試しに作っていたものでしょ。ちゃんとご注文通りのお品を出さなくては駄目じゃない」

「えっと……」

小春はなつめと目を合わせようとしない。二人がなつめの顔馴染《かおなじ》みかつ照月堂の縁者と知り、試食してもらう絶好の機会だと思いついたのだろう。

なつめが新たに作ったこの菓子を、小春はもう何度も試食し、すぐにでも店に出しましょうよ、と言い続けていたからだ。

「ごめんなさい。今すぐに取り替えますから」

自分で行こうと立ち上がりかけたなつめを、「まあまあ」と止めたのはおまさであった。

「これ、なつめさんが考えた新しいお菓子なのよね。だったら、あたしたちこそ試させてもらわなくちゃ。おそのさんもそう思うでしょ」

「はい。ぜひとも、味わわせていただきませんと」

おまさの言葉に、おそのもすっかり乗り気であった。こうなってはもう取り下げるわけにもいかない。

「それでは、感じたことをご遠慮なくお聞かせください。試しの品ですから、お代はいただきませんので」

「お代を払うかどうかは、お味によって決めさせてもらうわ」

おまさはどこか楽しげに言い、皿に添えられていた黒文字を手にした。これは餅菓子の望月のうさぎと違うところだ。望月のうさぎは黒文字で切り分けることなどできないが、この赤いうさぎはそうではない。

「この菓子を包んでいる薄い膜は求肥《ぎゅうひ》ね」

さすがは菓子屋の女房で、おまさは一目でそのことを見抜いた。赤い色の餡を求肥で薄く包んでいるため、中の色が透けて見えるのだ。

「この赤い餡はどんなお味なんでしょう」

おそのが興味津々という様子で、求肥と一緒に餡を口に入れる。おまさもほぼ同時に菓子を口にし、しばらく沈黙が落ちた。

このわずかな間が緊張する。次に目にするのが、菓子を食べた人の明るい笑顔か、それとも、期待が外れた時の残念そうな顔なのか。

なつめにとってはやや長すぎる沈黙を経て、おまさとおそのの口が同時に開いた。

「美味しいわよ、これ」

「とてもいいお味です」

率直な言葉に、満ち足りた笑顔。なつめの体から緊張が抜けていった。

「そう言っていただけてよかったです」

「ほら、あたしの言った通りじゃないですか。このお菓子は絶対、喜んでもらえるって」

横に立っていた小春が得意げな顔を見せる。だが、二人が食べている沈黙の時、なつめと同じように、小春がどきどきしていたことになつめも気づいていた。

満足そうな様子で、「ごゆっくりどうぞ」と小春が去っていった後、なつめは菓子屋に身を置く二人からいろいろと問いかけられた。中の餡は何を使っているのか、どうして赤いのか、ただ甘いだけではないが、このこくはどうやって出しているのか、などなど。

「赤いのは、芹人参《せりにんじん》（東洋人参）を使っているためです」

たまたま手に入った人参をすり潰し、白餡と混ぜてみたのだとなつめは打ち明けた。

「まあ、この餡に芹人参が……」

と、おまさは目を瞠《みは》りつつ、

「芹人参は料理で使ったことがあるけれど、扱いが難しかったわね。煮物にしたけれど、子供たちには不評だったわ」

などと続けた。

「あたしも食べたことがありますけれど、どうも好きではありませんでした」

おそのはその時の味を思い出しているのか、首をかしげている。

「確かに芹人参の味には癖がありますが、体にいい食べ物なんです。手足の冷えなどにも効《き》くそうで」

そのため美味しい菓子として食べてもらえたら、というのがなつめの願いである。

「芹人参入りの餡を、お正月に食べる〈花びら餅〉に倣《なら》って薄い求肥で包んでみました。赤い色が透けて見えて、とてもきれいだったので……」

花びら餅とは甘く煮た牛蒡《ごぼう》を白味噌《しろみそ》と一緒に求肥で包んだものだが、この菓子に倣った点はもう一つある。餡に味噌を加えたことだ。そうすることで餡にこくが出て、芹人参独特の風味をまろやかにしている。そこまではしゃべらなかったが、おまさたちもさらに突っ込んで訊こうとはしなかった。

「望月のうさぎと紅白ひとそろえで、売り出したらいいんじゃないかしら」

「おめでたい感じがしますね。二つは味わいが違うから、きっと人気が出ますよ」

などと話題は菓子の売り方へと移っていき、ひとしきり盛り上がった後、

「実はね、なつめさん」

と、おまさが話を変えた。

「もう少し暖かくなったら、温泉に行こうと思っているのよ」

「まあ、温泉ですか。どちらの――？」

「伊香保《いかほ》温泉。前に行った人からいいお湯だと聞いてね。女の足でも、行けない遠さではないと言うし」

「それはいいですね。少しお疲れのようですから、温泉で元気になってきてください」

おまさの顔色があまりよくないことに気づいた久兵衛からも、強く勧められたそうだ。

しかし、店の仕事がある久兵衛はおまさと一緒に温泉でゆっくり、というわけにもいかないだろう。

「それでは、おそのさんがご一緒に？」

なつめが問うと、おそのは「いえ、あたしは……」と首を横に振った。

おまさに加え、おそのまでがいなくなると、照月堂の女手がなくなってしまう。それに、おそのは隠居の市兵衛の世話をしているという事情もあった。市兵衛は今も健やかで、付き添いが必要なわけではないが、おそのがいなければ朝晩の食事の支度をはじめ、いろいろと不便なことも出てくるだろう。

「それじゃあ、誰がおかみさんとご一緒するのですか」

心配になって尋ねたなつめに、おまさは朗らかな笑みを浮かべながら、

「郁太郎《いくたろう》が付き添ってくれるのよ」

と、告げた。本当に嬉しそうなその様子に、なつめも自然と笑顔になりながら、

「それはいいですね」

と、続ける。

郁太郎は久兵衛の長男で、今年で十四歳になった。おまさの実子ではなく先妻の子なのだが、郁太郎はそのことを知った上でおまさに懐《なつ》いていたし、二人の仲に危なげなところはない。

ただ、なつめがそのことを知って、まだ七つの郁太郎に大丈夫かと尋ねた昔――。

郁太郎は寂しそうな顔も悲しそうな顔も見せず、大丈夫と答えたのだった。それどころか、なつめが実の親を亡くしていると知るや、自分にとってのおまさのような人がなつめにはいるのか、と訊いてきたのである。

その年齢には似合わない気のつかい方をする男の子。それゆえに、本人にも気づかぬところで無理をしているであろう男の子。なつめにとって郁太郎はそういう少年だった。

だから、その時に思ったのだ。郁太郎には久兵衛やおまさたちがいてくれるだろうが、自分もこの子のそばにいよう、と――。そのことを郁太郎にも言い、忘れないでほしいと伝えた。

以後の郁太郎は、それがなつめの杞憂《きゆう》に過ぎなかったかと思えるほど、不安げな面などつゆ見せず、久兵衛とおまさの自慢の息子として成長していたのだが……。

「旅先で歩けなくなったら、あの子が負ぶってくれるって言うのよ」

今もおまさは、頼もしげに郁太郎の言葉を披露してくれる。しかし、その傍らで、おそのは複雑そうな表情を浮かべていた。

「もちろん、郁太郎さんが付き添われるのは心強いんですが……。もう一人、女の人がいたらいいんじゃないかと、あたしは思うんですよ」

確かに、万一おまさが旅先で体調を崩した時、その世話をする女手があった方がいいだろうと、なつめも思った。

「あたしは何でも一人でできるし、大丈夫よ。病人ってわけじゃなんだし」

おまさは明るい声で言うが、おそのはやはり心配そうである。その眼差《まなざ》しがなつめの方へと流れてきた。

「あたしから言うのも何ですが、その、なつめさんがおかみさんにご一緒するのは、やっぱり難しいかしら」

口にしたおそのだけでなく、おまさも本心ではそう望んでいるだろう。女手があった方がおまさも安心だろうし、なつめもできるならそうしたい。が、今すぐに答えるのは難しかった。

伊香保温泉に行って帰ってくるまで、まとめて何日も店を休むことになる。近くに蕎麦屋や煮売り屋はあるものの、茶屋で一服したい人だってここを通るだろう。

その一方で、いつも世話になっているおまさのため、力になりたいという気持ちもなつめにはあった。

「無理はしないでね、なつめさん。そりゃあ、ご一緒できたら、あたしは心強いし、郁太郎だって喜ぶでしょうけど」

おまさは控えめな口調で言うが、

「できそうなら考えてみてください。なつめさんがご一緒してくだされば、照月堂の旦那《だんな》さんも安心できると思うんです」

と、おそのの声には熱がこもっていた。

聞けば、伊香保温泉に出発するのは早くとも二月の下旬以降だというので、なつめは少し考えさせてほしいと言った。

「一緒に行けたら楽しいでしょうけど、無理はしないでちょうだいね」

おまさは念を押し、侍と中間《ちゆうげん》ふうの男たちが新たに入ってきたのを機に、おそのと一緒に帰っていった。なつめは返事が決まったら、一度照月堂へ伺うと約束し、おまさたちを見送った。

三

おまさたちが帰ってから、二組ほどの客を見送ると、客足は途絶えた。

間もなく、市谷亀岡八幡宮《いちがやかめおかはちまんぐう》の時の鐘が鳴り出して、昼九つ（正午）を知らせてくれる。昼餉《ひるげ》時、内藤宿を通りかかった人たちは、茶屋ではなく蕎麦屋や煮売り屋へ足を運ぶ。そのため客が少なくなるこの時分に、なつめと小春は交替で昼餉を摂《と》るようにしていた。昼餉は手早く食べられるよう、握り飯のことが多い。なつめが暮らしている上落合村《かみおちあい》の泰雲寺《たいうんじ》で、下働きのお稲《いね》がいつも二人分、作ってくれていた。

「小春ちゃん、今のうちに昼餉を……」

と、時の鐘を聞きながらなつめが言いかけたまさにその時、がらがらっと戸が開いて、一人の客が入ってきた。

「いらっしゃいませ」

なつめと小春の声が重なる。ところが、背の高い痩《や》せた女客の顔を見るなり、小春の顔からにこやかな笑みが消えた。

「これは、お総《ふさ》さま。ようこそお出でくださいました」

動き出せないでいる小春に代わり、なつめは女客の方へと進み出た。「こちらへどうぞ」と笑みを絶やさず案内する。

このお総、馴染み客ではあるのだが、贔屓《ひいき》の常連客というわけではない。むしろ、やって来ては何かにつけて不服を口にし、困らせられることの方が多かった。明るい人柄で接客態度に申し分のない小春が、今のところ、苦手とするただ一人の客でもある。

（私に任せて）

という眼差しを小春に送り、なつめはお総の相手をする。

お総は四谷《よつや》で暮らす武家の娘であり、年の頃は二十代後半、まだ嫁入り前らしい。年齢や輿入《こしい》れの有無については、別の客からのまた聞きであるが……。

四谷と内藤宿はさほど遠くはないものの、四谷にだって、菓子屋もあれば茶屋もある。四谷から内藤宿のなつめの店まで武家の女がわざわざ足を運ぶ理由は、少なくともなつめには思いつかなかった。

初めの頃は、この辺りに知人や親戚が住んでいるのか、あるいは習いごとにでも通っているのか、などと考えていたが、ある時、さりげなく尋ねてみると、そのどちらも否定された。その上、「何かのついでてなければ、ここへ来てはいけないとでも？」と険のある眼差しを向けられてしまった。

——とんでもないことでございます。お総さまに来ていただけるなら、うちはいつでも大歓迎ですよ。

怒らせてしまったかと思っていたのだが、意外なことにその後もお総は通ってくる。

といって、この店で出す菓子や茶によって、お総の表情が和らいだことは一度もなければ、その味わいを褒められたこともなかった。

「今日は何にいたしましょう」

お総はじろりとなつめを見上げた後、

「何にするも何も、団子とうさぎしかないのでしょう？」

団子といっても、種類はいくつかそろえていたし、望月のうさぎを「うさぎ」と言われるのは少し寂しい。うさぎが月で餅つきをする伝承を「望月」に絡めている——そのことに、武家の娘であるお総が気づかぬはずもないのだが……。

「仕方ないから、うさぎでいいわ。あれを煎じ茶と一緒にお持ちなさい」

「かしこまりました」

注文を受け、なつめが厨へ行こうとすると、それより早く、盆を手にした小春が勢いよく仕切りの暖簾から飛び出してきた。その盆には菓子の皿と湯飲み茶碗がすでに用意されている。

ただし、皿に載っているのは、薄紅色のうさぎの菓子だ。

店で出す菓子の少なさを指摘された上、望月のうさぎが軽んじられたことで奮い立ったというところだろうか。

（うちには、女将さんが作った新しいうさぎの菓子があるんだから！）

文句を言うなら、それを食べてからにしろ——と言わんばかりの眼差しで、小春はずんずんお総の席まで突き進んだ。

「お待ち遠さまです。ご注文のうさぎをどうぞ」

小春は大きな声で言った。

「あ、お待ちを。その菓子は試しに作ったもので、この子が間違えたようです。すぐにご注文のお品に取り替えますね」

なつめは慌てて口を挟んだが、お総が菓子皿を受け取る方が早かった。

「これが、新しい菓子……？」

お総はじいっと菓子を見つめていたが、すぐに「よろしい」と続けた。

「ならば、私が味見をして進ぜましょう」

そして、あっという間に、黒文字を手に取り、菓子を一切れ、口に入れてしまった。先ほど、おまさとおそのが食べていた時のどきどきとはまったく異なる、切迫したような気持ちがなつめの心に覆いかぶさる。

だが、気まずい沈黙は、「不味《まず》い」というお総の声によって遮《さえぎ》られた。見れば、お総は皿の菓子をすっかり平らげ、今は煎じ茶を啜《すす》っている。

「不味いって、どこがどう不味いのですか」

嚙《か》みついた小春の声など、まるで聞こえぬというふうに、

「して、この菓子は何というのです」

と、お総はなつめに尋ねた。小春が心配そうな目を向けてくる。まだ店に出すと決めた

わけではなかったが、なつめには腹案があった。

「朱色の朱に玉と書いて〈朱玉《あけだま》のうさぎ〉と——。月に住むといううさぎは、玉兎《ぎょくと》と呼ばれることもございますので、それに因《ちな》んで」

「……ふん」

と、お総は鼻を鳴らした後、少し間を置いてから口を開いた。

「私がこの菓子を不味いと申したのは、素材の苦味が消し切れていないからです。もっと甘くしないと客の舌を喜ばせることはできますまい」

「なっ、苦味なんてなかったのに」

相手が客だということも忘れたように、小春が食ってかかる。「小春ちゃん、およしなさい」となつめはたしなめた。

「お言葉、胸に留め、精進してまいります」

なつめはお総に頭を下げた。

「いい心がけだわ。だったら、今の菓子の上に砂糖をたっぷり載せたものを、もう一度持っていらっしゃい」

「………」

「注文しているのよ。そこの女中、何をぼうっとしているのです」

小春は顔を真っ赤にしたまま動けずにいる。

「私がお持ちします」

なつめは断ってから、小春の肩を抱いて一緒に厨へ下がった。

「あんな客の言うこと、まともに聞くんですか」

幾分声は抑え気味にしているものの、小春はとうてい納得できないという口ぶりだ。

なつめは小春をなだめつつ、今のうちに昼餉を食べていてくれと言い置き、お総のもとへ戻った。

「ずいぶんささやかではありませんか」

菓子の横に砂糖が盛られた皿を見て、お総は不服そうに言った。

「菓子屋番付に載るほどの菓子は、大半が砂糖を気前よく使ったものだと聞きましたよ。この店もそのくらいのことをしてはどうですか」

砂糖は異国からもたらされて以来、薬として薬種問屋でも扱われてきた。この砂糖が茶席の主菓子《おもがし》をより豊かにしたのは間違いないし、甘いものを口に入れれば、疲れが取れることはなつめも実感として分かっている。

だが、その砂糖もあまりにたくさん摂るのは体に悪い、山盛りの砂糖など論外だと口にしていたのは、医者となったなつめの兄、慶一郎《けいいちろう》であった。

その言葉を思い出し、なつめは勇気を出して首を横に振る。

「お言葉ですが、砂糖は体によい面もある一方、たくさん摂ればよいというものでもないそうです。それどころか、摂りすぎれば体に悪いと、ある医者より聞かされましたので」

「まあ」

お総はあからさまに不服そうな顔をした。だが、それでもなつめが動かないでいると、お総は急に片手を額に当て、

「ああ……気分が何だか……」

と、言い出してうつむいた。

「お総さま、いかがなさいました」

なつめは慌てて屈《かが》み込み、お総の背をそっとさすった。

「これは……先ほど食べた菓子のせいでは……」

「えっ」

芹人参が体に合わなかったのか。一瞬、胆《きも》の冷える思いがしたが、

「早く、もっと砂糖を……」

と、苦しそうに呟くお総に、なつめは愕然《がくぜん》とする。

「砂糖を食べれば、具合もきっとよくなりましょう。そなたも体によいと申したゆえな」

菓子を食べて具合が悪くなったかもしれないと疑いつつ、砂糖をもっととは、どういう料簡《りょうけん》だろうか。とりあえず黒文字で求肥を掬《すく》い、それに砂糖を絡めて「どうぞ」とお総に差し出した。お総はそれを口にすると、

「ああ、ひと息吐《つ》いた。やはり効くのですね。もっと砂糖を持ってきなさい」

あっけらかんと命じてくる。

仕方がないので、なつめは厨に戻った。様子をうかがっていたらしい小春は昼餉を口に

もせず、ぷんぷん怒っている。

「あれって強請《ゆす》りじゃないですか。質《たち》が悪いですよ」

「強請りだなんて……」

「女将さんだって気づいていますよね。あの人、砂糖を追加させるために、具合の悪そうなふりをしてみせただけですよ」

暖簾の隙間《すきま》から客席の方をのぞいた小春が、無言で手招きしてくる。

なつめも隙間からのぞいてみると、具合などどこも悪くなさそうな勢いで、お総が菓子を食べ続けているのが見えた。しかも、芹人参入りの餡で具合が悪くなったようなことを言っておきながら、それもぱくぱく食べている。

「これ以上、砂糖を出すなんて駄目ですよ。味を占めて、何度も強請られるだけですから」

確かに、小春の言う通りだろうとなつめも思った。ここはきっぱり断ろうと、暖簾を割って出ていくと、小春も後からついてくる。

一方、菓子を食べ終えていたお総は、なつめたちが手ぶらなのを見るや、またもや額を押さえようとした。

ちょうどその時、店の戸ががらがらっと開いた。入ってきたのは男の二人連れ。

「あっ、馬之助《うまのすけ》さんに友吉《ともきち》さん」

小春がさっきまでとは打って変わった明るい声を上げる。

馬之助は五十路ほどの、やや小柄な、顔には苦労人めいた皺を刻んだ男で、なつめが借りているこの家屋の差配人である。大家はこの地に中屋敷をかまえる高遠藩《たかとおはん》内藤家で、この辺りの建物はすべて内藤家のものであった。また、友吉は三十路《みそじ》になるかならずかという年頃で、内藤家家臣の中間として中屋敷内の長屋で暮らしている。

仕事上、二人に接点はなかったのだが、この辺りをめぐり歩くうち、知り合いになったものらしい。今ではこうして、連れ立って茶屋へ来ることもある。

「ちょいと、そこのお客さん。具合でも悪くしたんじゃないのかね」

馬之助がお総の様子に気づいて声を上げた。

「あ、はい。先ほどそのように伺ったので、案じているのですが……」

他に言いようがなく、なつめは当たり障りのない返事をする。小春がしゃべりたそうにむずむずしていたが、なつめは目で制した。

「まさか、ここの食べ物や飲み物を口にしたせいで、具合が悪くなったわけじゃあるまいね」

馬之助が気がかりそうに言う。

「そんなことありません。だって、他のお客さまと同じものをお出ししてるんですから」

と、小春が勢いよく答えた。

「そんな……はずはないでしょう。さっき、試しに作った品だと言っていたじゃないの」

どういうつもりか、お総が少しだけ顔を上げて言う。

なつめは混乱した。先ほど暖簾の隙間から見た時は、小春の言う通りだろうと思ったのだが、他の客の前でまで嘘《うそ》を吐く理由が分からない。とすると、やはりお総は本当に具合が悪くなったのだろうか。

「試しに作ったものを客に食べさせたって？」

馬之助が頓狂《とんきょう》な声を上げた。

「……それは、お客さまがお望みになられたので」

「でも、その前に別のお客さまにも出したんですよ。その人たちは女将さんのお知り合いですけれど」

と、すかさず小春が口を挟む。

「その試しに作った菓子とはどういうものなんだね」

それまで黙っていた友吉がなつめに尋ねてきた。

「餡を求肥《ぎゅうひ》で包んだ菓子です。白隠元豆《しろいんげんまめ》で作った餡に芹人参を加えたものなんですが」

「芹人参だって。それはあれかい？」

友吉の顔色が変わった。

「はい。友吉さんから頂戴したものです」

なつめは正直に答えた。

内藤家の中屋敷は広大で、その敷地内ではさまざまな野菜を作っているそうだ。それがけっこうな収穫量になるらしく、屋敷内の侍や奉公人たちだけでは食べ切れないのだとか。

余った分を有効に使おうと、この辺りの店を歩き回っているのが友吉であった。

なつめは体によい素材を使って養生菓子を作りたいと思っていたから、友吉と知り合ってすぐ、そのことを伝えた。以来、友吉は余った野菜を持ってきてくれるようになり、芹人参もその中の一つだ。芹人参はめずらしい野菜で、内藤家の畑では栽培したことがなかったが、種が手に入ったとかで昨年初めて育ててみたという。試してから、正式に菓子の素材として使うとなった場合は、友吉から買い取ることで、なつめとは話がついていた。

「うちの芹人参で具合が悪くなったというのであれば、捨ててはおけないな」

友吉がお総の前へ出ていくと、お総は少し気圧《けお》された様子で、

「そなたは何者です」

と、友吉を見上げた。友吉の目は細く、やや吊《つ》り上がっているので、見る人によっては少し怖いらしい。

「私は内藤家ご家臣に仕える中間の友吉といいます。もし、芹人参のせいでお加減が悪くなったのであれば、ご主人にもきちんと知らせなきゃいけねえ。念のためにお尋ねしますが、お嬢さまはこれまでに、芹人参を食べてお加減が悪くなったことは……」

「ありません！」

友吉の言葉は途中で遮られた。

「内藤家とは、高遠藩の藩主さまのことですね」

「へえ。俺が仕えているのはそのご家臣の……」

「ええい、もうよい。私は何ともありませぬ。いえ、少し具合が悪くなったように感じたが、今はもう何ともないゆえ、案じてもらうには及ばぬ」

それだけ言うと、お総は突然立ち上がった。それから、なつめを睨《にら》むように見据えると、

「お代はいくらです」と訊いてきた。

「いいえ、今日のところはけっこうです。それよりも、お一人でお帰りになれますか。お宅の場所をお教えくだされば、お迎えの方を呼びにまいりますが」

「さような気遣《きづか》いは無用」

お総は押しかぶせるように言うなり、そそくさと店を出ていった。

「お気をつけて」

なつめは外まで見送りに出たが、せかせかした足取りのお総が振り返ることはなかった。

四

「ふむ、悪くないね」

お総が帰った後、朱玉のうさぎを試食した馬之助の第一声である。

「うん、苦味が消えてるし、芹人参が苦手な人でも食べられそうだ」

と、満足そうに言うのは友吉。

「ほら、あたしの言った通りでしょ？　さっきのはやっぱり言いがかりなんですよ」

小春が二人を前にしたり顔で言った。

先ほどは、この店の飲食物に障《さわ》りでもあるのではないかと、咄嗟《とっさ》に心配していた馬之助だが、お総が砂糖を持ってこいといった件《くだり》を聞くなり、考えを変えたようだ。

「あの人、お武家のお嬢さまだろ。あまり裕福そうには見えなかったが、それにしたって武家のお嬢さまのやることじゃあない」

と、最後はお総を非難する形になった。

「ああいう手合いがいると、なつめさんも大変だ。内藤さまのお名前が出るなり態度が変わったから、おやと思ったんだよ。目上には謙《へりくだ》るくせに、弱い相手には強く出るってやつだね」

「そうそう。女将さんが優しいから、付け上がってるんですよ」

「しかし、何だ。お前さんは若いのにしっかり者だね。なつめさんも小春ちゃんがいてくれて心強いだろう」

と、馬之助の目が小春からなつめに向けられる。

「本当に、ずいぶん助かっているんですよ。でも、お総さまもお客さまなんだから、怒らせるようなことは言わないようにね」

なつめは微笑《ほほえ》みながら小春に告げた。

小春が頼りになるのはまったくその通りで、お総のような客に対し、少しも怖気《おじけ》づくことなく相対《あいたい》することができるのは見事である。自分一人だったなら、ただただ困惑して振り回されるだけだったかもしれない。

（こういう大変さは、自分の店を持つまで分からなかった）

と、今さらながらなつめは思う。

この点は小春が来てくれたことで苦労も減ったが、店を営む大変さは接客や勘定だけではない。何より大変なのは、自分の狙い通りの菓子を作ることの難しさ。照月堂で修業していた時は、教えてくれる親方がいた。事細かな指示を仰げない場合でも、後ろに親方が控えていてくれるという安心感があった。

どの食材をどのくらい仕入れ、無駄なく使い切るにはどうすればいいのか、時節ごとに客から求められるのはどんな菓子なのか——そうしたことも指示を受ける立場の頃は、自分で考えることは求められなかった。

決して、ぼうっと指示だけを聞いていたつもりはない。学べることは学び取ろうとしていたつもりだが、いざ自分一人ですべてを切り盛りする段になると、それまでの自分の甘さが身に沁《し》みて感じられた。

（私がこれまで前に進んでこられたのは、照月堂というしっかりした土台の上に立たせてもらっていたからだったんだわ）

その土台から離れた今、土台そのものから自分で築いていかなければならない。それは思った以上に大変だった。が、菓子茶店を営みたいと決めたのはなつめ自身である。

（体によくて、元気が出るような菓子を作っていきたい。さらに、その菓子を食べるお客さんの顔を、自分の目で見ることが叶《かな》うのなら、と――)

それが、菓子屋ではなく、菓子茶店を開くことになったそもそものきっかけだった。客の顔色を見て、客の声を聞き、どこかに不調を抱えている人がいれば、それを補えるような菓子をお勧めする――いずれはそんな菓子茶店の女将になりたいと思っている。

なつめの店は、数年前に一膳飯屋が店じまいし、その後空き家になっていたのを、約一年前、借り受けたものであった。初めは無我夢中で余裕もなく、目の前のことをこなすだけだったが、小春が来てくれるようになって少し落ち着いた。さらには、すぐそこで野菜を育てているという友吉との出会いもあった。

――うちのお屋敷では、唐辛子《とうがらし》と南瓜《かぼちゃ》が評判でね。次の収穫時にはなつめさんにも分けるから、楽しみにしてなさいよ。

などと言ってもらえた。

南瓜は菓子との相性がよく、いろいろ考えられそうだ。唐辛子はいわゆる主菓子では出番がないだろうが、煎餅《せんべい》ならば使えるかもしれない。

友吉が店へ出入りするようになったのは去年の冬の頃で、目下のところ、友吉が持ってきてくれた野菜でいちばん活躍しているのが芹人参であった。

「ところで、芹人参は店で使ってみるかい？　なつめさんがいくらか買い取ってくれるっていうなら、今年は少し多めに育ててみようと思うけど」

芹人参の収穫は今より少し前だが、葉物に比べて長持ちする。だから、春先の今も使うことができるが、朱玉のうさぎを客に供するなら、次の収穫時からだろう。

「はい。次からは芹人参を買わせていただきます。ぜひよろしくお願いします」

なつめは友吉に頭を下げた。

「こりゃどうも」

友吉は吊り上がり気味の目を和らげ、にっと笑った。こんなふうに、あちこちで野菜の買い取り先を見つけていくらしい。唐辛子は蕎麦屋に喜ばれているそうで、南瓜は腹にたまる一品《ひとしな》が作れるという煮売り屋がよい客なのだとか。今朝、店に来た振り売りのおときなども、季節によっては内藤家の野菜を売って歩くこともあるそうだ。

朱玉のうさぎを食べ終えた馬之助と友吉は帰っていき、なつめと小春はそれからようやく交替で昼餉を食べた。

間もなく昼八つの鐘が聞こえてきたので、

「今日はもう帰っていいわよ」

と、なつめは小春に勧めたのだが、

「今日はお姉ちゃんが来るまでいようかな」

と、独り言のように呟いた。

小春の姉のお秋《あき》は、この近くの蕎麦屋で働いていて、帰りがけによくなつめの茶屋に寄ってくれる。一人で店を切り盛りするなつめを見かねて、妹を引き合わせてくれたのがこのお秋であった。

小春が今、店に残ると言い出したのは、お総の一件で大変な目に遭ったなつめのことを、気にかけてくれてのことかもしれない。お総相手にそうだったように、勝気でものをはっきり言うが、心は濃《こま》やかで優しい娘なのだ。

「手伝ってくれるなら、その分のお手当ても払うわよ」

「ほんとう？」

小春は笑顔になって手を叩《たた》き、「あ、洗い物、あたしがしますね」とそそくさと洗い桶《おけ》を手に裏庭へと出ていく。

なつめが少し冷えた薬缶《やかん》の湯を竈《かまど》で温め直していると、戸の開く音がした。

「いらっしゃいませ」

小春はまだ戻ってこないので、なつめは厨から出ていき、客を迎えた。壮年の男の二人連れで、どちらも脚絆《きやはん》を着けて振り分け荷物を負っている。

「やれやれ、やっと一服できる」

「まったくです」

男たちはそんなことを言い合いながら、荷物を下ろして縁台に座った。だいぶ歩き疲れた表情をしている。

「お疲れさまでした。ゆっくりお寛《くつろ》ぎください」

「ああ、ここに茶屋があってよかったよ」

男たちはみたらし団子と餡団子を二本ずつ、煎じ茶と十薬茶を注文した。

厨へ戻ったなつめが用意しているうちに、洗い物を終えた小春が戻ってきたのだが、

「あちらのお客さまには、私が運ぶわ」

と、なつめは言い、盆を手に二人の男客のもとまで向かった。座って寛げたせいか、二人とも表情がだいぶ和らいでいる。

「お待ち遠さまです」

注文の品を見るなり、男たちの目に驚きの色が浮かんだ。一皿ごとに団子が五つ無造作に載せられ、一つだけに刺してある串はふつうのものよりずいぶん短い。それぞれの一皿には上からたっぷりみたらしだれがかけられ、もう一皿にはつぶ餡が盛られている。

「これは、よく見る団子と違っているね」

めずらしそうな表情の客を相手に、このような供し方にしたきっかけについても語る。

「なるほど。こういう形なら、喉に刺さる心配もないし、歩き食いをしようと思う者も出るまい」

「それに、串からかじらずに、ぽいっと口に入れられて、存外食べやすいですよ」

二人はそんなふうに感心した様子で言いつつ、それぞれ団子をぱくぱく食べていく。腹も空いていた上に、味も気に入ってくれたらしく、あっという間に団子を平らげた二人は湯飲み茶碗を手に、ふうっと息を吐いた。

「私は、高松喜兵衛《たかまつきへえ》といってね。浅草阿部川《あさくさあべがわ》町の名主をしている。連れは奉公人で、嘉六《かろく》という」

と、男の一人が挨拶してきた。先ほどから喜兵衛相手に丁寧なしゃべり方をしていた嘉六は、黙って会釈する。

「名主さまのご一行でしたか。お立ち寄りくださり、ありがとうございます。私はこの菓子茶店うさぎ屋の女将で、なつめと申します」

「ほう、女将さんかね。ここは菓子茶店か」

「はい。一年ほど前に出したばかりで、まだ品ぞろえも乏しいのですが」

「いや、菓子茶店というだけあって、みたらし団子も餡団子も美味かったよ」

喜兵衛から「なあ？」と話を向けられて、

「まことに。街道沿いの茶屋にはいくつか入りましたが、このお店の味がいちばんです」

嘉六が力のこもった声で返事をする。

飾りのない二人の率直な物言いは、なつめの心に沁みた。

「それじゃあ、この団子は女将さんが作ったのかな。それとも、あちらに職人さんが？」

厨との仕切りの暖簾に目を向けながら喜兵衛が問う。

「私が作っております。前に駒込の照月堂という菓子舗で、修業していたことがございまして」

「ん、照月堂？　どこかで聞いたことがあるような」

喜兵衛は首をかしげながら、「しかし、私は駒込には行ったこともないし」と独《ひと》り言《ご》ちている。

「嘉六、お前は知っているかね」

「いえ、初めて聞きました」

喜兵衛と嘉六は二人でやり取りしていたが、ややあってから、喜兵衛が「あっ」と思い出した様子で声を上げた。

「照月堂といえば、〈六菓仙《ろっかせん》〉という菓子を出していなかったかね。それを菓子屋番付で見たことがあった」

余所の人から照月堂の話を聞くのは久しぶりで、なつめは嬉しくなった。

「そうでございます。〈六菓仙〉とは、六つの主菓子を合わせて指す言葉なのでございますが……」

などと、なつめがひとしきり語るのを、喜兵衛と嘉六は穏やかな表情で聞いてくれる。途中で、自分が一人でしゃべっていることに気づき、なつめははっと口もとを押さえた。

「申し訳ございません。私ったら一人で長々と……」

「いやいや、女将さんの菓子への熱意がようく分かったよ。ここが、ただの茶屋じゃなくて、美味しい菓子を食べさせてくれる菓子茶店だってこともね」

喜兵衛は優しく言い、嘉六とうなずき合う。

「私たちはね、この甲州道沿いの宿場を増やしてほしいという要望を受けて、それを検《あらた》めているところなんだ」

「宿場でございますか」

甲州道の起点は他の街道と同じく日本橋だが、次の宿場が高井戸《たかいど》となり、そこまでの道のりが長すぎる。日本橋から出発する旅人はともかく、江戸へ向かってくる人馬はそれまでかなりの距離を歩いてきたのであり、高井戸から日本橋までがきつくなる。馬を替えられる宿場がもう一つ欲しいというのだそうだ。

「甲州道を行き来する品物で、値打ちのあるものが何か、女将さんには分かるかね」

自分たちの事情を語り終えると、喜兵衛はふと思いついたという様子で尋ねてきた。

「値打ちのある品物、でございますか」

甲州道沿いに店を出して一年、店に立ち寄ってくれる旅人と言葉を交わす機会は何度かあったが、値打ちがあるといえば甲州金であろうか。もっとも、それを運ぶ人足がなつめの茶屋で一服、ということはこれまでなかったが……。そのことを告げると、

「ああ、甲州金の値打ちは言うまでもないよ。けれどね、これから増えていくに違いない品が他にあるんだ」

と、喜兵衛は思わせぶりな調子で言った。さらに続けて、

「女将さんは、甲州八珍果《こうしゅうはっちんか》を知っているかね」

と、問うてくる。

「あ、それならば聞いたことが……」

甲州で穫《と》れる八種の果物《くだもの》のことだ。

「確か、葡萄《ぶどう》に梨に柿、それに栗や桃、林檎《りんご》（ワリンゴ）……でしたでしょうか。あと二

つは分かりません」

残念そうに呟くなつめに、「それだけ言えれば大したもんだよ」と喜兵衛は笑った。

「あとは、柘榴《ざくろ》に胡桃だけれどね。特に、葡萄と梨、柿は公方《くぼう》さまに献上している大事な果実だ」

喜兵衛は神妙な顔つきで言った。

梨や柿や栗は江戸でも出回っているし、菓子作りに使うことも多い。なつめ自身は、今暮らしている泰雲寺に桃の木が生えていたから、桃には馴染みがあり、それを使った菓子を考えたこともある。また、仏前に供えられる果実として重宝される林檎の実は、泰雲寺に寄進されたものを目にする機会が多かった。

それにしても、この甲州道が甲州八珍果の大事な運送経路だということは、気づいていなかった。考えれば当たり前のことだが、これまでその種の運び役が店に来たことがなかったせいでもあろう。

「もちろん、この近郊で穫れるものの方が安く手に入るが、甲州の果物は別格だからね。できるだけ新鮮なものを、傷つけることなく、無事に江戸へ運び入れたい。そのためにも、甲州道はしっかり整えていかなきゃならないんだ」

喜兵衛はそれまでになく強い光を目に浮かべて言った。

「よい果物が出回るのはとてもありがたいことです。ぜひとも、お志を遂げてくださいよ」

「ああ。その時はぜひ女将さんも食べてくださいよ」

喜兵衛は穏やかな笑みを浮かべた。

そんなによい果物が手に入るなら、まずは母代わりであり師匠でもある泰雲寺の住職、了然尼《りようねんに》に供したいとなつめは思った。美味しいものを食べて、いつまでも健やかでいていただきたいから。

（柿に桃に栗に胡桃……）

菓子に使えそうな果物が頭の中をよぎっていく。

もちろん、そのまま食べても美味しいだろうが、上質な果物を使って作る主菓子はどんなものになるだろうか。照月堂の久兵衛なら、果物の持ち味を見極めた見事な菓子を作るだろうし、なつめ自身も挑んでみたいという気持ちが湧いてきた。

（それを了然尼さまに召し上がっていただけるなら……）

了然尼はどんな菓子であっても、喜んで食べてくれるだろうが、その品格にぴったりなのはやはり繊細な主菓子である。

「私はね、いや、この嘉六もだが、甘いものが好きなんだ。実際に甲州道を歩いてみて、この菓子茶店を見つけられたのは幸運だった。これから何度もこの道を使うだろうし、またお邪魔させてもらいますよ」

茶を飲み干した喜兵衛はにこにこしながら言った。最初に暖簾をくぐってきた時の疲労の翳《かげ》は、もう見られない。甘いものを食べて疲れが取れたのならよかったと、なつめも笑みを浮かべた。

「ぜひまたお越しください」

望月のうさぎも食べてもらいたいし、季節がうまく合えば、養生なつめや朱玉のうさぎも食べてもらえればさらに嬉しい。

喜兵衛と嘉六を見送った時には、お総のことがあって少し疲れ気味だったなつめの心も、今朝店を開けた時のように明るく、前向きなものへと戻っていたのだった。

五

喜兵衛と嘉六が去ってから、またぽつぽつと客が入っては去っていったが、夕七つ（午後四時頃）過ぎになると、旅人の客はいなくなる。日暮れ間際に江戸を発《た》つ者はいないし、江戸を目指してきた旅人は日暮れまでに目当ての場所へ到着しようと急いでいるためだ。

ただ、いつも夕七つの頃にやって来る馴染み客もいた。

「なつめさーん。お邪魔します」

勢いよく戸を開けて入ってきたのは、小春の姉のお秋であった。

「あら、小春もまだいたのね」

明るくて、はきはきしゃべるところが、姉妹でそっくりである。

「いらっしゃい、お秋さん」

笑顔で迎えるなつめの傍らで、

「みたらしでいいよね」

と、小春が姉に尋ねた。他の客がいる時は弁《わきま》えているが、お秋しかいないと、ふだん通りのしゃべり方になる。

「もちろん」

お秋は元気よく答えた。「毎日、みたらし団子を食べられれば仕合せ」と言うくらい、みたらし団子が好きらしい。厨へ向かった小春がみたらし団子と煎じ茶を調えて持ってくると、

「仕事帰りに、なつめさんとこのみたらし団子。これこそ、極楽よね」

と、お秋は短めの串を手に取りながら言う。

「大袈裟《おおげさ》よ」

なつめはお秋の前の席に腰かけ、団子を頬張《ほおば》る姿を眺めながら笑った。お秋は目を閉じて口をもぐもぐさせていたが、やがて、ごっくんと飲み込むと、

「大袈裟なんかであるもんですか」

と、身を乗り出した。

「このたれは、こっくりとした甘みとしょっぱさが絶妙なの。それに、ちょっと香ばしい香りもするのよねえ。このこくには何か隠し味があるんでしょうけど。鎌をかけても、小春は口を割らないし」

お秋が軽く小春を睨みつける。

「だからあ、知らないって言ってるでしょ」

小春が澄まして言い返した。

小春に糯米を搗く手伝いをしてもらうことはあったが、それ以外の菓子作りを頼んだことはない。とはいえ、厨に出入りしているのだから、たれの隠し味に何を使っているのか、気づいているのではないか。お秋に話されたからといって、小春を咎《とが》めるつもりはなかったが、小春はうまくとぼけてくれているようである。

「まあ、いいわ。店ごとの工夫を明かさないのは、使用人にとって大事なことだものね。あたしは美味しいお団子が食べられれば、それで仕合せ」

お秋は賑やかにおしゃべりしつつ、団子を大事そうに平らげていく。皿が空になると、湯飲み茶碗を片手に働き先の蕎麦屋での出来事を語り出した。口の悪い蕎麦屋の亭主への不平と、店へ来た無礼な男客たちに対する愚痴が入っているのだが、面白おかしくしゃべってくれるので、つい笑ってしまう。

ひとしきりまくし立てると、憂さも晴れたようで、お秋はすっきりとした表情になっていた。

「それで」

と、お秋はなつめの顔をのぞき込んできた。

「うさぎ屋はこの頃、どうですか」

「どうと言われても、小春ちゃんがしっかりしているので、とても助かっているわ」

なつめは小春に目を向け、笑顔で答えた。

「そういうことじゃなくて、腹の立つ客が来たとか、拳をくれてやりたい客がいたとか、ないんですか。あたし、いつもなつめさんに愚痴を聞いてもらっているでしょう？　だから、なつめさんはどうなのかなって思って」

「それは……」

一瞬、お総の顔が頭をよぎったが、少し躊躇《ためら》っていると、

「今日、あの憎らしい武家の女が来たの。お姉ちゃんも知ってるでしょ。お総っていう」

いつの間にやらお秋の隣に座っていた小春がしゃべり出した。

「ああ、なつめさんにやたら尊大な口を利くお客さんね」

お秋はすぐにうなずいた。前に店で一緒になったことがあり、その時もお秋は憤慨してくれたのである。お総が先に帰っていったのだが、「あんな客がうちの蕎麦屋に来たら、大将は絶対に塩を撒《ま》けって言うわ」などと言っていたのだ。

その後も、小春を通して、お総の度を越した態度については聞いていたようだ。なつめが苦笑いしていると、ずっと腹に据えかねていたのだろう、小春が昼間の出来事についてまくし立てた。お秋はそれを一通り聞き終えると、

「あの野郎」

と、拳を握り締めて呟く。

「お姉ちゃん、お総は女だよ」

小春がどっちでもいいことを言うと、

「そっか。あの女郎《めろう》め」

お秋もお秋で、律義に言い直している。なつめは思わず笑ってしまった。

「何、笑ってるんです、なつめさん。ここは怒るところでしょう？」

お秋の言葉が飛んでくる。

「そうやっておっとりしてるから、お総みたいな女に舐《な》められちゃうんですよ」

と、小春までが口を添え、姉妹はおもむろにうなずき合った。

「まあね。なつめさんのそういう大らかさが、あたしは大好きだし、小春も同じだから、しょうがないんですけどね。でも、逆にそれが気に入らないっていう連中もいるからなあ。まあ、心がひねくれてるせいなんだけど……」

「どういうこと？」

なつめが尋ねると、お秋は少し真面目《まじめ》な表情になって切り出した。

「なつめさんって江戸の育ちじゃないですよね。確か、京で生まれ育ったんでしたっけ」

「ええ。でも、小さい頃に江戸へ出てきたから、京より江戸で暮らした歳月の方が長いけれど」

お秋の意図をつかめぬまま、なつめは律義に返事をした。

「いくら江戸暮らしが長いと言ってもね。なつめさんはあたしや小春みたいなのとは、ぜんぜん違う。こう、勢いばかりで、大雑把《おおざっぱ》な江戸娘とはね」

「二人はちっとも大雑把なんかじゃないわ。明るくて元気がよくて、細かいところに気がつく働き者じゃないの」

「ま、ものは言いようですけれどね。でも、あたしたちはなつめさんみたいに、おっとりもしてなければ、お上品でもない。それは分かるでしょう？」

「そう言われると……」

「とにかく、なつめさんはいかにもって感じの、しっとりした京娘なんですよ。お総はそんななつめさんを妬《ねた》んで、意地悪をしているっていうこと」

「妬んで……」

お総から嫌われているという自覚はあったが、どうしてなのかはよく分からなかった。分からないだけに対処のしようもなかったのだが、その原因が妬みだというお秋の言葉を鵜呑《うの》みにすることもできない。

「でも、お総さまは曲がりなりにも武家の出なのよ。私はただの茶屋の女将だし、ご身分も立場もあちらが上。自分より下の立場の者を妬んだりするかしら」

なつめは京の武家の出である。それを踏まえれば、お総と立場は同じか、それ以上ということもあり得たが、実家がなくなった今、武家の出であることは隠している。

「うーん、お総にとってはそうじゃないんだと思いますよ」

「………」

「お武家といっても、江戸の下っ端侍の家は貧しいですからね。店に来た時の様子や振る舞いを見る限り、お総の家はたぶん裕福じゃないんでしょう」

それはなつめも察していた。お総が女中を伴っていることはなかったし、身に着けている品も金がかかっているようには見えない。

「お金持ちじゃないのは間違いないよ。だって、今日もお代はいいって言ったら、ちょっと嬉しそうだったもん」

横から、小春がお秋に教える。

「砂糖を余計に盛らせて、菓子はぺろりと二個も平らげ、おまけに仮病だってばれたのに、お金を払わないなんて、ふつうはできないよね？」

怒りをぶちまける小春に、お秋はうんうんとうなずいた。

「そういう貧しい武家の娘にとって、仮に身分は下でも、なつめさんみたいに店をかまえて、自分の稼ぎがある女っていうのは、うらやましいんでしょうよ。ほら、お武家の娘さんなら、やりたくたって店を持つなんてことはできないでしょうし」

お秋の言う通りであった。なつめとて、今も両親が健在で、実家がつぶれていなければ、茶屋を営むことなどできなかったはずだ。その上、なつめは深い縁のある尼僧から、元手の援助を受けている。店そのものを買い取れるだけの額であったが、店の建物は借りることになったので余裕もあった。

こうしてみると、望む道を自分で選び、人の助けも借りながら邁進《まいしん》していける今の境遇は、本当に恵まれたものであると思える。

片やお総は、今の自分の境遇を窮屈に感じているのだろうかと、なつめが考えをめぐらしていると、

「まあ、それでも今日は運がよかったですよね。内藤さまに縁のあるお客さんがちょうど来合わせたんだから。それも、なつめさんの人徳ってやつでしょうけど」

と、お秋が話をきれいにまとめた。

「まあ、いくら人徳があったってつらいことはつらいんだから、この先困ったことになったらちゃんと打ち明けてくださいよ」

続けて念を押すお秋に、

「心配しなくても大丈夫だよ、お姉ちゃん。このあたしが、お総のいいようにはさせないんだから」

小春がどんと胸を張って言う。

「小春ちゃんのことは頼りにしてるわ。でも、小春ちゃんに任せておいたら、お総さまをもっと怒らせちゃうんじゃないかって、ちょっと心配にもなるのよね」

なつめが苦笑すると、「なつめさんの言う通りだわ」とお秋も笑った。

「あんたはもう少しなつめさんを見習って、怒りをこらえ、おしとやかに振る舞うことを覚えなさいよね」

「お姉ちゃんには言われたくないけど」

などと、姉妹は言い合っている。やがて、

「ところで、今の話に出てきた、朱玉のうさぎってお菓子、もう残ってないんですか」

ずっと気になっていたという様子で、お秋が尋ねてきた。

「あと、三つほど残っているのよ」

そう言いながら、なつめは微笑む。

「他のお客さまもいないことだし、ちょうどよかったわ。三人で食べちゃいましょうか」

なつめの言葉に、姉妹の口から歓声が上がる。

なつめと小春の二人はいそいそと厨に入り、三人分の菓子と茶を調えて席へ戻った。

「わあ、本当に薄紅色のうさぎさんだわ」

お秋がはしゃいだ声を出した。それから「いただきます」と三人そろって黒文字を手にする。

「望月のうさぎはもっちりしているけれど、これは黒文字ですうっと切れるのね」

そんなことを言いながら、一口食べたお秋は「この餡の味、あたし、好きだわ」と笑顔になった。みたらし団子に目がないお秋は、他の菓子を注文することがめったにない。

だが、この朱玉のうさぎが品書きに加わったら、いいことがあった日に注文したいと言った。

「そう言ってもらえると嬉しいわ。この中には芹人参が煉《ね》り込んであるの」

なつめが言うと、「あ、芹人参、うちの蕎麦屋で見たわ」とお秋は大きな声を出した。

「内藤さまのとこの友吉さんが、使ってみてくれないかって、大将に渡していたから」

「うちも同じよ。友吉さんから渡されたものなの」

聞けば、お秋が働く蕎麦屋の主人も、芹人参を蕎麦の薬味として工夫を凝らしており、お秋も味見をさせられているそうだ。

「実はあたし、あまり好きではなかったんですよね。体にいいと聞いているって、友吉さんも大将も言うんだけど」

と、打ち明けながら、お秋は半分ほど残った菓子の断面を見つめている。

「この中にあの芹人参が入っているなんて、すごく不思議。苦味がないどころか、甘くて美味しいです」

色もきれいだし、絶対に人気が出るとお秋は力のこもった声で言い、残りもぺろりと平らげた。

その後、新たな客が来ることはなく、お秋と一緒に小春も帰らせてから、なつめは暖簾を下ろした。後片付けをして、戸締りをし、日暮れ前には店を出る。上落合村の泰雲寺まではほぼ半刻（約一時間）ほどの道のりだ。

手にした風呂敷包みには、余った望月のうさぎが入っていた。

（了然尼さまと一緒にいただこう。正吉《まさきち》さんとお稲さんにもお渡しして）

正吉とお稲はずっと昔から、了然尼となつめの身の回りの雑用をする世話係の夫婦者である。今ではもう、なつめにとって身内とも思える大事な人たちだ。

なつめは西に大きく傾いた夕日を左に見つつ、泰雲寺への帰路を急いだ。

六

「まあまあ、今日も遅くまでお疲れさまでございました」

泰雲寺の庫裏《くり》の玄関口で、なつめを出迎えてくれたのはお稲であった。この時にはもう日も暮れていたので、お稲にしてみれば、なつめが遅くまでよく働いていると思えるのだろう。

お稲がすぐに用意してくれたぬるま湯で、手と足を清めてから、なつめは庫裏に上がった。

「御膳はお部屋へお持ちします」

と、お稲から声がかけられた。

夕餉《ゆうげ》の膳は了然尼と一緒に摂ることもあるが、なつめが店を始めてからは、別々に摂ることが多くなった。いつ帰ってくるか分からぬ自分を待っていてもらうより、先に食べていてほしいとなつめの方から頼んだのだ。

その代わり、というわけでもないが、なつめが夕餉を終えてから、了然尼の部屋で菓子を一緒に食べるのが習いになった。茶屋で余った菓子のことが多いが、時にはなつめが泰雲寺の台所で作った菓子のこともある。

なつめはまず了然尼の部屋へ帰宅の挨拶に出向いた。

「ただ今、帰ってまいりました」

頭を下げて挨拶すると、「今日もお疲れさまどした」と、了然尼からはんなりした京ことばが返ってくる。

了然尼は後水尾《ごみずのお》天皇の中宮《ちゅうぐう》、東福門院《とうふくもんいん》に仕えていたことがあり、のちに女院《にょいん》の孫娘に仕えてから、俗世を捨てて出家を果たした。この時、夫も子供もいたが、以来縁を切っている。

その後、江戸へ出て黄檗宗《おうばくしゅう》の白翁道泰《びゃくおうどうたい》のもとに弟子入りを願い出るが、当時の了然尼の美貌は僧侶たちの心を惑わせるからという理由で断られてしまった。それならば——と了然尼は自らの左頰に火箸《ひばし》を押し当て、顔の一部を焼いた。この驚くべき一途《いちず》さが白翁道泰の心を動かし、ついに入門を認められたという。

なつめの母はこの了然尼の遠縁であった。そのため、なつめの父母が火事で亡くなった時、了然尼がまだ幼いなつめを江戸へ引き取ってくれたのである。

なつめが初めて了然尼に会った時、その顔には火傷《やけど》の痕《あと》があったのだが、不思議なことに少しも怖くなかった。それどころか、亡き母に再会したような懐かしささえ覚えた。以来、なつめはずっと了然尼のもとで暮らし、今では実の親より長い歳月を共にしている。了然尼はなつめにとって母であり師であり、かけがえのない大切な身内であった。

「お勤めが終わられた頃、またお邪魔いたします」

なつめが夕餉を摂っている間、了然尼は夜の勤行《ごんぎょう》が日課となっている。

「はい、どうぞ」

了然尼の穏やかな返事を受け、なつめは自分の部屋へと引き取った。それから、しばらくすると、お稲が膳を、夫の正吉が飯櫃《めしびつ》を抱えて現れた。

「お帰りなさいまし、なつめさま」

と、正吉は挨拶する。正吉とお稲は、なつめが了然尼に引き取られ、江戸へ来た時からずっと一緒にいる。当時、初老に差しかかっていたこの夫婦も、今はだいぶ老いの色が濃くなってきた。

「正吉さんもお疲れさまです」

お稲だけを給仕に残し、正吉は下がろうとするので、なつめは望月のうさぎの包みを渡した。

「了然尼さまと一緒にいただくつもりですが、正吉さんとお稲さんの分もありますから、後でどうぞ」

「それは、ありがたいことでございます」

正吉は丁重に言い、菓子の包みを手に出ていった。

お稲は正吉が置いていったお櫃から白飯をよそい始める。

膳には、とき玉子に出汁《だし》を加えたものを厚手の鍋に入れ、弱火にかけてふんわりと盛り上げたふわふわ玉子と呼ばれる料理や山芋のとろろ汁、茸《きのこ》数種の精進揚げの他、牛蒡と芹人参の伽羅煮《きゃらに》も添えられていた。

今日はいろいろあったなと、なつめが思い返していると、

「何かよいことでも?」

と、お稲が飯茶碗を差し出しながら尋ねてきた。

自然と笑みがこぼれていたのだろうか。なつめは照月堂のおまさとおそのがやって来て、試作した朱玉のうさぎを食べてもらったことを告げた。

「それはまあ、ようございました」

お稲は自分のことのように喜んでくれる。なつめはその後に起こったお総にまつわることは伏せ、

「他にも、今日は新しいお客さんが来てくださったの。江戸にお暮らしの町名主さんで、お味も気に入ってもらえたから、また来てくださるって」

と、高松喜兵衛との出会いについても語った。

「さようですか。お仕事が順調で何よりでございます」

お稲は細かいことを尋ねたりせず、にこにこしながら話を聞いてくれる。

なつめは牛蒡と芹人参の伽羅煮を口に含んだ。濃口醤油で味付けされた牛蒡と芹人参は白飯によく合って、ついつい箸が進む。

伽羅煮は歯ごたえがあるが、ふわふわ玉子は軽くて優しい舌触りだ。とろろ汁は山芋の粘り気が出汁とうまく絡み合い、茸の精進揚げは塩と出汁、どちらで食べてもそれぞれ美味しい。

やがて、食事を終えて一休みしたなつめは、了然尼の勤行が終わる時分に、その部屋へ出向いた。頃合いを見て、お稲が茶と菓子を運んでくれる。

「今日は、望月のうさぎをなつめさまが持ち帰ってくださいました。あたしどもまでいただいてしまいまして」

お稲が了然尼に菓子を差し出しながら告げた。

「ほな、正吉はんとお稲はんも、たまには一緒にここでどないどす」

了然尼が穏やかな物言いでお稲を誘う。

「正吉めはただ今、村の男衆と何やら話をするんだとかで、外に出てますので」

「ほな、お稲はんだけでも」

了然尼の言葉を受け、お稲は恐縮しながら「それでは、またお邪魔いたします」と自分の分を取りに下がっていった。

お稲が来るまでの間に、高松喜兵衛のことや甲州八珍果のことなどをなつめは了然尼に語った。おまさたちの来訪については後でゆっくり話すこととし、お総の一件もあえて伏せておく。

実は、了然尼の俗名は総《ふさ》といい、あのお総と字まで同じなのだ。なつめがお総からひどいことを言われても、どうも嫌いになれない理由の一つがここにある。

できるなら了然尼にも話したいが、下手に心配させたくもない。だが、いつかお総との仲が改善されたら、肩の力を抜いて話せる日も来るだろう。「そないなお人が店に来はったんどすか」と楽しそうに耳を傾ける了然尼の表情が、なつめの脳裡に浮かんでくる。

そうこうするうち、お稲が自分の分の菓子と茶を運んできて、女三人での茶話会となった。

「実は今日の朝方、照月堂のおかみさんとおそのさんが、店にいらっしゃったんです」

なつめが語り出すと、「おや、まあ」と了然尼が声を上げる。

「おかみさんは少し顔色が思わしくないように見えたのですが、近々、郁太郎坊ちゃんと一緒に伊香保温泉へ湯治に行かれるとか。これという病ではないそうですが、温泉でお体を癒してきてほしいです」

「上野国《こうずけのくに》の名高い温泉どすなあ。確か草津《くさつ》と並んで、『万葉集《まんようしゅう》』が編まれた頃から歌にも詠《よ》まれてきました」

了然尼が記憶をたどるように言う。

「女人の体にもよいというので、皆、一度は入りたいと言う人気の湯でございますよ」

と、お稲が口を挟んだ。伊香保に行った人の話を聞いたことがあるとかで、湯が黄金色《こがねいろ》をしているだの、温泉に浸《つ》かった若い女がその後、子宝に恵まれただの、そんな話を聞かせてくれる。

「それほど古い温泉で、薬効も評判なら、おかみさんもお健やかになられますね」

期待をこめて言いつつも、おそのがおまさに付き添えないことはなつめも気がかりだった。おそのがおまさの身を案じながら、なつめの同伴を望んでいたことについて語ると、

「おかみさんが温泉へお行きになるなら、やはり女子《おなご》の付き添いは要《い》りますよ。若い坊ちゃんだけではおかみさんもご心配なのでは？」

お稲がおまさの気持ちを代弁するように言う。確かに、お稲の言う通りなのだ。

「なつめはん、お店のことも気がかりやと思いますが、照月堂のおかみはんは深い御恩のあるお方。おそのはんが行けないのなら、なつめはんが付き添うたらどないどすか」

了然尼がじっとなつめの目を見ながら言った。

「はい。店のこともあるので、どうしたものか考えていたのですが、やはりおかみさんのおそばに女手があった方がよいと改めて思いました。当てにして来てくださるお客さまには申し訳ありませんが、その間は休ませてもらおうと存じます」

なつめは心を決め、近いうちに照月堂へ出向いて、その旨《むね》を伝えることにした。

「しかし、そういうことなら、いっそのこと、了然尼さまもご一緒にお出かけになったらよいのではありませんか」

ふと思いついたという様子で、お稲が了然尼となつめを交互に見やりながら問う。

「わたくしも一緒に――どすか」

「そうですよ。皆がそれほどよいと言うお湯ならば、了然尼さまのお体も癒されることでしょう。遠出など、めったになさらないのですから、よい機会ではありませんか」

お稲は熱心な口ぶりで言い、この思いがけない案になつめの心も弾んだ。

「それは名案ですね、お稲さん。了然尼さまとご一緒できたら、またとない旅になること

「はあ、せやけど、そない大袈裟なことになっては、照月堂のおかみはんや坊ちゃんにご迷惑やないやろか」

了然尼は思案する表情を浮かべている。

「そんなふうに考える方たちではありません。むしろ、了然尼さまがご一緒してくださると聞けば、どんなに喜ばれることか。私とて了然尼さまとご一緒の旅路を思うと、嬉しくて心が弾みますもの」

了然尼も数年前、病を患い、今は健やかになったものの、すでに五十路《いそじ》を超えている。かつては江戸と京とを何度か往復もした健脚だったが、もはや昔のようには歩けないだろう。だが、道中はおまさの足運びに合わせてとなるだろうし、駕籠を使えるところでは使うことになるはずだ。

「了然尼さまさえよろしければ、明日の昼からでも照月堂に出向いて、おかみさんにそのことをお伝えしてみます」

「ほな、伊香保の沼と詠まれた歌枕《うたまくら》を訪ねることにいたしまひょか」

了然尼は軽やかに言い、なつめは思いがけず了然尼と旅することになった喜びに胸を躍らせた。幼い頃、了然尼と一緒に京から江戸へ旅したことはあるものの、それ以外に了然尼と旅をしたことはない。

了然尼の齢《よわい》を考えれば、最後の機会となるかもしれないし、何よりおまさや郁太郎を含めての旅となれば、なおさら胸が高鳴る。

「照月堂のおかみさんは暖かくなってからとおっしゃっていましたので、春に芽吹く山々の景色を愛《め》でられるかもしれませんね」

なつめは了然尼に告げ、了然尼はゆったりとうなずいた。

「それにしても」

と、お稲がまだ口もつけていない望月のうさぎにじっと見入りながら呟いた。

「なつめさまは本当に、ご自分で作った菓子を出す茶屋の女主人になられたんですねえ」

「今さら、どうしたというの、お稲さん」

なつめがうさぎ屋を始めたのは一年前のことだ。その間、お稲と正吉から労《いたわ》りや励ましの言葉をかけられることはあったが、それ以外に何かを言われたことはなかった。だから、お稲から改まってそんなふうに言われると、思わず背筋が伸びてしまう。

「いえ。了然尼さまがお許しになった以上、あたしらが口を挟むようなことではないと思ってたんですが、実はなつめさまが茶屋を始めるとお聞きした時、正吉と一緒に慌てふためいたんです。しばらく鳴りを潜めていた悪い病が、またもやなつめさまに取り憑《つ》いたんではないかって」

「悪い病って、私はずっと元気で……」

なつめは首をかしげたが、お稲は「いいえ」と実にきっぱりした口ぶりで首を横に振った。

「厄介な病を抱えておいででした。『あれになりたい、これになりたい病』という――」

「あ……」

したり顔のお稲を前に、なつめは面食らった。

今のなつめにとっては遠い昔のつもりなのだが、興味や関心の赴くまま、「尼になりたい」「歌詠みになりたい」「お針子になりたい」と言って習い始めては、すぐに興味が別のものに移ってしまう頃があった。そんなふうに、なりたいものがころころ変わっていた症状を「あれになりたい、これになりたい病」と称されていたわけだ。

確かに、突然両親を亡くしてから、平常心を取り戻して間もない頃、なつめは常に目移りしていた。あれを見れば、あれがよく見え、これを見れば、これがよく見えたのだ。さらに取り組んでみれば、どれもそこそこ達者にこなせたことも、当時の自分にとって災いしたと思う。

少し取り組んでみて、ある一定の段階に達すると満足してしまい、やがては飽きてしまう、ということのくり返しだったのだ。

だが、十五歳の時、照月堂の菓子と出合って、自分は変わった。菓子職人を目指すという道に足を踏み入れ、その道だけを歩み続けてきた。

了然尼が病にかかったことや、照月堂から遠く離れたこの上落合村に移ったことにより、照月堂の仕事は辞めたものの、菓子職人の道を歩むことをやめてはいない。そのことをお稲も分かってくれていると思っていたのだが……。

「つまり、お稲さん。私が店を出すと聞いた時、私が菓子職人に飽きて、茶屋の女将になりたいと言い出したと思ったということですか」

ようやく気を取り直して訊き返すと、お稲はしたり顔でうなずいた。

「へえ。菓子を出す茶店と聞いたのは後からだったもので。てっきり、菓子作りには飽きてしまわれたのかと――」

「私がそんなことを言っていたのは、十五歳の頃までじゃありませんか。私はもうとっくに二十歳を超えているんですよ」

「ですが、三つ子の魂百まで、とも言いますし」

今でもまだ心配そうな表情で言うお稲に、なつめは苦笑するしかなかった。それを見て、了然尼がおほほっと上品な笑い声を上げる。

「お稲はんも正吉はんも、なつめはんのことをいつだってえろう心配しているんどすえ。菓子作りと茶屋の商い、その両方をたった一人でやっていけるのかと――」

「まあ、皆でそんなことを話していたのですか」

了然尼の言葉に、口を尖らせてみせながら、なつめはしみじみとした気持ちになっていた。なつめの知らぬところで、了然尼と正吉、お稲の三人で心配してくれたこともあったのだろう。それでも余計な口出しをせず、いたずらに不安顔を見せることもなく、ずっと自分を見守っていてくれたのだ。

「それにしても、あの小さかったなつめさまが店を営むほどになられたのですねえ」

お稲が言葉を噛み締めるように呟いた。

三人がいつも自分の味方でいてくれることは分かっていたが、こうして改めて言われると、この上もなくありがたいことだと思える。自分もまたこの気持ちを伝えなければ——となつめは思った。

「ありがとうございます、了然尼さま。それに、お稲さんも正吉さんも——」

居住まいを正し、心からの感謝を口にする。

「まだまだですが、私はお蔭さまで何とかやっております。ですから——」

これからも見守ってください——その言葉は口に出さず、黙って頭を下げた。

二人からの返事はなく、お稲が小さく洟《はな》をすする音が聞こえるばかりであった。

第二話　温泉蒸し饅頭

一

翌々日、なつめはいつもより朝早くに泰雲寺を出て、駒込にある照月堂を目指した。小春には事情を話し、店を開けるのは昼過ぎからとしている。

照月堂での用事はおまさに会うことだが、叶《かな》うならば、久兵衛やその息子の郁太郎、亀《かめ》次郎《じろう》にも会いたいなとなつめは思っていた。もっとも、照月堂に到着した時には朝五つは過ぎているだろうから、職人たちはもう厨《くりや》に入っているだろう。

郁太郎は三年ほど前から、本腰を入れて菓子作りの修業を始め、久兵衛にたいそう期待されているらしい。久兵衛はそうしたことを口にする気質ではないので、おまさやおそのから聞いた話だ。

弟の亀次郎は今年で十二歳になり、去年の中頃から同い年の富吉《とみきち》と一緒に修業を始めたという。富吉はかつて照月堂に出入りしていた薬売りの息子だが、父親が亡くなった後、菓子作りをしたいという本人の望みを聞く形で、照月堂に引き取られた。

(郁太郎坊ちゃんは心配するまでもないでしょうけど、亀次郎坊ちゃんと富吉ちゃんはちゃんとやっているかしら)

幼い頃から年齢よりも大人びて、しっかり者だった郁太郎。

兄の真似《まね》ばかりをしようとしていた天真爛漫《てんしんらんまん》な亀次郎。

そして、生来の気質か、生い立ちのせいか、おとなしく控えめな富吉。

三人の幼い頃を知るなつめにとって、彼らが菓子職人としてどんなふうに成長していくかは、楽しみなところであった。

(坊ちゃんたちは、あの旦那《だんな》さんの才能を受け継いでいるのでしょうね。私なんて、姉弟子を名乗るのがすぐに恥ずかしくなってしまうかも……)

とはいえ、あの兄弟に職人として追い越されることに悪い気はしない。むしろ、彼らの活躍を想像するのは心楽しく、その姿を思い浮かべているうち、なつめは照月堂に到着した。

表通りに面した店の奥に厨があり、庭を挟んで主人一家が暮らす仕舞屋《しもたや》が建っている。その庭に通じる枝折戸《しおりど》を通って、なつめは懐かしい照月堂の敷地内に足を踏み入れた。

厨の高窓からは、さかんに湯気が吐き出されている。小豆《あずき》を煮る甘い香りに、ふんわりと鼻をくすぐられ、なつめは思い切り息を吸い込んだ。

（ここで、この匂いを嗅ぐと懐かしい気持ちになるわ）

などと考えながら、なつめは仕舞屋の玄関へ向かった。

「ごめんください、なつめです。先日のお返事に上がりました」

奥に向かって声を張ると、「はあい」という女の声が聞こえてきた。どうやら、おそのの声のようだ。

やがて待つほどもなく、戸が開けられて、おそのが姿を見せた。

「一昨日《おととい》は美味《おい》しいお菓子をごちそうさまでした、なつめさん」

「いえ、こちらこそ、訪ねてくださって嬉《うれ》しかったです。さっそくなんですが、先日のお話のお返事をと思いまして」

なつめがそう言った時、奥からおまさが現れた。

「あらまあ、こんなにすぐ来てくれるなんて。なつめさんには、お店だってあるのに」

と、驚いている。とりあえず中に上がってくれと言われ、なつめは茶の間に通された。

「お店の方は大丈夫なの？」

おまさが座布団を勧めながら、気がかりそうに尋ねた。

「はい。今日は昼から開けることにしました。朝方、あの辺りを通るのは地元の人を除けば、江戸を発《た》つ人たちなんです。そういう方たちが最初の休憩を取るのに、内藤宿は近すぎますから」

朝方の客はいつも少ないのだと告げてから、「それで伊香保行きのお話なんですけれど」となつめはすぐに本題に入った。

「おかみさんさえよろしければ、お供させていただこうと思います」

「まあ、本当に？」

おまさは胸の前で両掌を合わせて、顔を綻《ほころ》ばせた。

「めったにない機会ですから、ぜひご一緒させていただきたいと思いました。ただ、私からも一つお願いがあるのですが……」

「何でも言ってちょうだい。あたしにできることなら何だって」

おまさは頼もしげに言った。

「実は、このお話を了然尼さまにお聞かせしたところ、ぜひお供するようにと勧められたんです」

「あらまあ、了然尼さまにもお気遣いいただいちゃって」

おまさが申し訳なさそうな表情になる。

「いえ、お話はここからなんです。その時、そばにいたお稲さんが『了然尼さまもご一緒に伊香保へ行かれたらどうですか』って言い出して、私も叶うならばそうしたいと思いました。了然尼さまも、おかみさんと郁太郎坊ちゃんさえよろしければ、ぜひそうしたいというご意向で――」

「まあ、まあ」

今度は手を叩《たた》きながら、おまさは喜びをあらわにした。

「あたしたちからすれば、願ったり叶ったりのお話ですよ。なつめさんと行けるだけでも嬉しいのに、了然尼さままでご一緒してくださるなんて」

そこへ、おそのが麦湯を持って現れた。おまさの口から事の経緯《いきさつ》を聞き、おそのも笑顔になる。

「本当に嬉しいわ。せっかく来てくださったんだから、子供たちにも会ってもらえるといいんだけれど」

おまさの言葉に、なつめはうなずいた。

「私もできるならそうしたいです。郁太郎坊ちゃんとは伊香保へご一緒することになったわけですから、ご挨拶《あいさつ》しておきたいですし」

とはいえ、店を開ける前の厨は忙しい。店を開ける時刻を過ぎれば、厨の仕事も一段落し、郁太郎たちも顔を見せることくらいはできるそうだが……。

「あたしがご様子をうかがってきます。お知らせできそうなら、なつめさんが来たことを伝えてきますから」

おそのがそう言って出ていこうとしたので、なつめは朝の四つくらいまでなら大丈夫だと告げた。

ややあって戻ってきたおそのは、もう少ししたら郁太郎と亀次郎、それに富吉を仕舞屋へ行かせる、という久兵衛の言葉をもたらした。

「本当ですか。三人に会えるなら、もうしばらく待たせてもらいますね」

と、なつめは言い、その後はおまさ、おそのと一緒に伊香保温泉の話に興じた。

お稲の話にあったように、女人の体にいいという評判はおまさたちも聞き及んでおり、それが伊香保行きの決め手になったらしい。黄金《こがね》色の湯は肌にいいらしいとか、近場ではうどんが名産らしいとか、そんなことを語り合っているうちに、時はあっという間に過ぎていき、気がつくと、玄関に人の立ち入る物音が聞こえてきた。

ばたばたといささか忙《せわ》しない足音がすぐに近付いてきて、

「おっ母《か》さん、入るよ」

という声と共に、戸が開けられた。

真っ先に現れたのは郁太郎だった。職人の着る筒袖《つつそで》を身に纏《まと》い、すらりと背が高くなっている。前に会ったのは昨年のことだから、数ヶ月ぶりであった。

「……お久しぶり、郁太郎坊ちゃん。声が旦那さんにそっくりで、ちょっと驚いちゃったわ」

もうかわいらしかった子供の頃の声ではない。

「あたしも時々、はっとするのよ。やっぱり親子なのよねえ」

おまさがにこにこしながら口を挟む。

「お姉さんもお元気そうで何よりです」

と、挨拶する郁太郎の顔には柔らかな笑みが浮かんでいた。

「なつめちゃん！」

続けて入ってきた亀次郎の方は、同じように数ヶ月ぶりの対面だが、大きく変わった印象はない。

もちろん、なつめが照月堂に出入りしていた頃に比べれば、ずいぶん背も伸びている。「お姉さんと呼びなさい」とおまさに言われたにもかかわらず、勝手になつめちゃんと呼び始め、結局それを押し通してしまった幼い頃のまま、亀次郎は伸び伸びと育ってきた。小さな頃から絵を描くのが上手で、その才が菓子作りにどう生かされるのか、とても楽しみである。

「亀次郎坊ちゃんもお久しぶり。職人の修業を始めたと聞いているわ」

初めて見る亀次郎の筒袖姿に目を細めながら、なつめは言った。

「そうだよ。俺も富吉もこれから一緒に菓子職人を目指すんだ」

まだ修業を始めたばかりだろうに自信たっぷりな亀次郎の後ろから、富吉が顔を出し、ぴょこんと頭を下げる。

「お姉さん、お久しぶりです」

「富吉ちゃんも筒袖姿が似合っているわね」

富吉は少しはにかむように笑ってみせた。背の伸びた三人が並ぶ姿はなかなか壮観である。かつては三人一緒でも広々と感じられた茶の間が、急に狭くなったようだ。

「とにかくお座りなさい」

と、おまさに言われて、三人は一列でその場に座ったが、尻をつけるのも待てぬかのように、

「なつめちゃんは今日、ずっとここにいるの？　自分のお店の方は休み？」

と、亀次郎が尋ねてくる。二十二歳になった今、なつめちゃんと呼ばれることが少し照れくさいが、亀次郎はまったく気にしていない。

「いいえ、昼過ぎにはお店を開けるつもりよ」

「なあんだ。じゃあ、ゆっくりしてはいられないのか」

亀次郎はがっかりした様子で言った。

「仕方ないわよ。なつめさんだって忙しいんだから」

おまさがとりなすように口を挟んだ後、「でもね」と郁太郎に目を向けて続けた。

「なつめさん、あたしたちと一緒に伊香保へ行ってくれるんですって。今日はそれを知らせに来てくれたのよ」

「えっ、本当ですか」

郁太郎の顔に浮かんだ驚きの色が、徐々に喜びの色に染め変えられていく。

「それに、なつめさんだけじゃなくて、了然尼さまもご一緒してくださるんですって」

郁太郎の顔がさらに明るくなった時、「ええーっ」と不満そうな声を上げたのは亀次郎であった。

「兄ちゃんだけ、おっ母さんやなつめちゃんと遊びに行くなんてずるいよ。俺たちだって

温泉、行ってみたいよなあ」

亀次郎が傍らの富吉に声をかけている。

「え、いや、お兄ちゃんは遊びに行くわけじゃ……」

富吉が郁太郎と亀次郎を交互に見ながら、返事に困っている。

「そうよ、亀次郎。郁太郎はおっ母さんの世話係として付き添ってもらうんだからね」

おまさが富吉に助け舟を出す。

「付き添いなら、俺だってできるさ。何なら、俺が兄ちゃんの代わりに――」

「何を言ってるの。郁太郎を連れていけって言ったのは、お父つぁんなのよ。お前がどうこう言えることじゃありません」

おまさが少し厳しい口ぶりになった。

「そうは言ってもさあ」

亀次郎は不服そうだ。

「郁太郎はこれまで修業をちゃんとこなしてきたから、少しくらい厨を離れても大丈夫という考えなんでしょう。お前と富吉はまだ修業を始めたばかりじゃないの」

「今は、亀次郎坊ちゃんと富吉ちゃんに修業を休まず頑張ってほしいと、旦那さんなりのお考えがあるのでしょう。今お口にしたようなこと、旦那さんの前で言っちゃ駄目ですよ」

なつめが唇に人差し指を当てて言うと、亀次郎は「分かってるよ」と言って、ぷいと顔を横へ向けた。

「郁太郎坊ちゃん、今回はよろしくお願いしますね。了然尼さまもご一緒することになったのので、男手があると心強いですから」

なつめが郁太郎に頭を下げると、

「こちらこそよろしくお願いします」

と、いつもながら礼儀正しい返事があった。その後、

「お前たち、厨の方は平気なの？」

と、おまさが尋ねると、三人はそれぞれの反応を見せた。

郁太郎は口にこそしないが、少し気がかりそうな表情を浮かべている。片や、

「大丈夫だよ。店開きからしばらくは、作り置いた菓子で事足りるんだから」

と、のんきに言う亀次郎。富吉に至っては、判断はお任せしますとでもいう様子で、郁太郎の顔色をうかがうだけ。

三人の反応を見て、おまさは状況を大まかにつかんだようだ。

「できるだけ早めに戻ってくるように言われてるんでしょ。名残《なご》り惜しいだろうけど、もう戻りなさい」

おまさに促された三人は挨拶を済ませ、ばたばたと立ち上がった。口ではごねていた亀次郎も含め、三人とも真剣に修業しているのだなと、なつめは頼もしく思う。最後になった郁太郎が部屋を出ていく前に振り返った。

「それじゃ、また。お姉さん」

笑顔で挨拶した郁太郎は、丁寧に戸を閉めていった。

「形《なり》だけは大きくなっても、亀次郎ときたら、まだ子供で」

おまさが少し恥ずかしそうな表情になって言う。

「いいえ、亀次郎坊ちゃんも富吉ちゃんも、急ぎ足で厨に戻っていきましたもの。ちゃんと自分の役目を分かっているんでしょう。郁太郎坊ちゃんは昔からしっかりしていて、言うまでもありませんが」

「まあ……そうね。あの子はあの子で……」

何やら言いかけたおまさの言葉は、そのまま小声になって消えてしまった。その横顔がどことなく沈んで見えるのが気にかかったが、なつめがそれを尋ねるより先に、

「とにかく、なつめさんと了然尼さまがご一緒してくれるので、あたしと郁太郎も心強いし、旅がいっそう楽しみになったわ」

と、おまさが気を取り直した様子で言った。その表情は前と同じ明るさを取り戻しており、一瞬前の横顔の翳《かげ》は気のせいだったかと、なつめは思い直す。

郁太郎たちが出ていってしまうと、茶の間が急にがらんとなってしまった。三人が来る前は、女たちだけで話に盛り上がっていたが、もはやそういう雰囲気でもない。

「それじゃ、お昼には店を開けるつもりですので、私もそろそろ」

と、なつめも挨拶して立ち上がった。

「また、出立の日が近付いたら、伊香保行きのご相談に伺いますね」

玄関までおまさとおそのに見送られて、外へ出る。厨では今頃どんな菓子を作っているのだろうなどと思いながら枝折戸へ向かうと、周囲に気兼ねしているようなひそひそ声が聞こえてきた。

二

声の主《ぬし》は枝折戸をくぐって出た辺りにいるようだ。枝折戸の内側にいるなつめの位置からは、道が曲がりくねっているせいか相手の姿は見えない。いったん立ち止まってしまうと、何食わぬ顔で枝折戸をくぐることができなくなってしまった。

「悪かったよ。急に用事が入っちゃってさ」

相手に謝っている声は、つい先ほど耳にしたばかりの亀次郎のものであった。

待ち合わせていた相手に謝っているように聞こえる。急な用事とは、なつめに会っていたことだろうか。

とはいえ、朝方のこの時刻、亀次郎も厨の仕事で忙しいはずだ。先ほどの話でもそういうことだったのに、誰かと待ち合わせなどするだろうかと、ふと疑問が浮かんでくる。

「約束の絵だよ。色は付けてないけど」

という亀次郎の声に続いて、かさかさと紙を扱うような音がした。

「色はいいの。自分で付けるから」

相手は女の子のようだ。続けて、「わあ、いいわねえ」という少女の感嘆の声がした。

「喜んでもらえてよかったよ。ま、今回は素材がよかったからな」

嬉しそうな亀次郎の声に続いて、うふふっと笑う少女の声がした。

「亀ちゃんって相変わらず、口がうまいよね」

互いにずいぶんと親しげである。亀次郎に親しい女の子がいるということに、なつめは少し驚いていた。おまさがまだまだ子供と言うのを、つい先ほど聞いたばかりだが……。

「忙しいのにありがとうね、亀ちゃん」

少女が亀次郎に絵を描いてくれるよう頼み、それを渡す約束をしていた、ということのようだ。

自分もそろそろ行かなければ、と思い直したなつめは、今来たふうを装って枝折戸に手をかけた。その時、

「あれ、お姉さん。もうお帰りですか」

と、厨の方から声が聞こえてきた。

郁太郎が戸を開けて出てきたところであった。

「ええ。今、おかみさんたちとお別れしてきたところ」

なつめは郁太郎の方に顔を向けて答えた。枝折戸の向こうの声はやんでいる。

「亀次郎を見ませんでしたか。すぐ戻ると言って、出ていったんだけど」

郁太郎が辺りを見回しながら、なつめの方に近付いてきた。どうしたものかと思いながら、「庭にはいないようだけれど」となつめは応じる。

こちらの声は聞こえているはずだから、亀次郎の方から姿を見せてくれるといいのだが、と思っていたら、

「……俺はここだよ」

と、亀次郎が枝折戸の向こう側から近付いてきた。どことなく不機嫌そうな目つきを郁太郎となつめに向けてくる。

一緒にいた少女の方は反対側へ去ったのかと思っていたら、何と、亀次郎の後ろから姿を現した。

「お梅《うめ》ちゃん？」

と、郁太郎の口から驚いた声が上がる。

「ごめんなさい、郁太郎さん」

亀次郎に続いて、お梅と呼ばれた少女が枝折戸から庭へ入ってくると頭を下げた。

「あたし、亀ちゃんに描いてもらった絵を受け取りにきたんです。忙しいことは知ってたんですけど、今の頃、仕事が一段落すると聞いていたもんだから」

お梅は亀次郎を庇《かば》うように言う。自分が去ってしまえば、亀次郎が郁太郎に叱《しか》られると思って姿を見せたのかもしれない。

「そうだったのか」

郁太郎は機先を制されたのか、亀次郎を咎《とが》める言葉を口にはしなかった。

「こちらはお梅ちゃんといって、俺たちと同じ寺子屋に通っていたんです」

郁太郎が思い出したように、なつめにお梅のことを引き合わせてくれた。

「こちらは、なつめさん。俺たちが寺子屋に通い始める前、字や歌を教えてくれたお姉さんなんだ。菓子作りでは俺たちの姉弟子に当たるんだよ」

郁太郎の言葉を受け、なつめはお梅に笑いかけた。

「坊ちゃんたちのお友だちなんですね。初めまして、なつめです」

「……梅といいます」

お梅は少し堅い様子で頭を下げた。先ほど亀次郎と言葉を交わしていた時や、郁太郎に対して亀次郎を庇った時とは、まるで別人のようだ。

「それじゃ、私はこれで」

なつめが出ていこうとすると、「お気をつけて」と郁太郎から声がかかった。続けて、「なるべく早く戻ってこいよ」と亀次郎に言い置き、郁太郎も先に厨へと戻っていく。

なつめが枝折戸をくぐって歩き出すと、「ねえ、亀ちゃん」という親しげな調子に戻ったお梅の声が聞こえてきた。

「郁太郎さんの似顔絵も描ける？」

お梅には周囲をはばかって声を潜めようという気はないらしい。

「……そりゃあ、描けなくはないけど」

亀次郎の返事が聞こえるまでに、少し長めの間があった。心なしかその声は先ほどより低い。対して、

「じゃあ、お願い」

と言うお梅の声は、なつめに挨拶した時とは打って変わって明るかった。

うっかり足を止めていたことに気づくと、なつめは急いで歩き出した。


それから数日後、おまさと郁太郎、了然尼となつめの四人が伊香保へ出立するのは、二月の下旬頃と決まった。

春も半ばになり、桜が咲くか咲かないかという頃であれば、他の季節よりは旅もずっとしやすいだろう。

出立後、半月から二十日ほど、なつめはうさぎ屋を閉めることとし、小春はもちろん、事前に馴染《なじ》みの客には知らせ、店の内と外に貼り紙も出した。

芹人参《せりにんじん》を使った朱玉《あけだま》のうさぎを食べてからも、お総は数日おきに、うさぎ屋へ顔を出している。あの後、気まずくなるのではないかと、なつめはひそかに思っていたが、お総の態度はそれまでと変わらなかった。

——本当に図太い人ですね。

小春は、裏ではそう言いつつも、表向きはおとなしくしてくれている。

ただし、なつめが二月下旬からの休業について知らせた時、お総は「何ですって」と思い切り眉を顰《ひそ》めた。

「あなたの勝手な都合で、客に迷惑をかけるなんて。よくもまあ、図々しいことが言えるものですこと」

「お総さまにもご迷惑をおかけして申し訳ございません」

なつめは神妙に頭を下げる。「図々しいのはどっちよ」という小春の呟《つぶや》きがお総の耳に届いていないことを願いながら。

「別に、私は迷惑とは感じておりませぬ。ええ、あなたの店がどれだけ休もうとも、私にはどうということもありませんもの。暇つぶしの手札がしばらくの間、一つなくなるというだけのこと」

お総は細く尖《とが》った顎《あご》をつんと突き出すようにして言った。

「確かにそうでございましょうが、また店を開けた時には来てくださいませ」

「その頃にはもう、この店のことなど忘れているかもしれませぬ」

「私の勝手な都合ですから、仕方のないことでございます。それでも、お忘れにならないでいただければ幸いです」

お総の機嫌を取り結ぼうとしたが、うまくはいかず、結局、お総はぷりぷり怒ったまま帰っていった。

差配人の馬之助と中間《ちゅうげん》の友吉からは、温泉の旅をうらやましがられた。二人とも忙しくて、温泉などに行ったことはないと恨み節である。とはいえ、馬之助は留守宅はちゃんと見ておくと請け合ってくれ、友吉からは「旅先で育ちのよさそうな野菜があれば、しっかり見てきておくんなさい」などと頼まれた。

小春の姉のお秋からは「なつめさんのお団子をしばらく食べられないなんて」と、たいそう残念がられたが、

「これ、お守りよ」

と、四谷の稲荷《いなり》社のお札を渡された。紫色の錦の袋に入った立派なものである。

「ありがとう、お秋さん。旅は初めてのものを見聞するよい機会だと思うの。何を使ってどんなお菓子が作れるのか、いろいろ見て回るつもり」

なつめが言うと、お秋はくすっと笑った。

「なつめさんはお菓子のことになると一生懸命ね。でも、せっかく温泉に行くんだから、ゆっくりするのも大切なことよ」

年下のお秋に諭され、なつめは思わず笑ってしまった。

「あたしは、女将さんが旅先で食べたお菓子をうさぎ屋で作ってくれるようになったら嬉しいかなあ」

とは、小春の言葉だ。

「そうね。旅を楽しみながら、お菓子のことも考えてくるわ」

お守り袋を両手で包み込みながら、なつめはお秋と小春にそう約束した。

三

なつめたちが伊香保温泉へ向けて出発したのは、元禄《げんろく》九（一六九六）年二月二十七日のことである。この日に決めたのは、寅《とら》の日だったからだ。虎は千里を駆けて再び戻ってくるとのことで、旅立ちに縁起がよいとされている。

春分もすでに過ぎており、江戸はちょうど桜が綻び始めた頃であった。

伊香保温泉へは中山道《なかせんどう》を通っていくことになる。日本橋から出立した場合、最初の宿場が板橋《いたばし》宿であるが、その間に日光御成街道《にっこうおなりかいどう》との分岐点である本郷追分《ほんごうおいわけ》がある。

駒込の照月堂からさほど離れていないこともあり、おそのがそこまで見送りに来てくれた。驚いたのは、おそのと一緒に、久兵衛の父である隠居の市兵衛が来てくれたことで、おまさも恐縮している。

「いや、何。私は暇な隠居なんだから、そう気にすることはないよ」

なつめが菓子職人の道を目指したいと思い始めた時、なつめの力になってくれたのが市兵衛だった。当時からすでに隠居の身であり、店のことはすべて久兵衛に任せていたが、いつも身内や奉公人の皆に目を配り、何かあれば手を差し伸べてくれたものである。

その後、照月堂を出て、今は久兵衛の一家と別々に暮らしていたから、なつめもめったに顔を合わせることはなくなってしまった。そんな市兵衛の顔をしばらくぶりに見ることができたのだから、とても嬉しい。

「了然尼さまのお供をさせていただくことになり、おそれ多いことです」

市兵衛は了然尼に対して丁重に挨拶した後、

「なつめさん、おまさと郁太郎を頼みましたよ」

と、なつめには親しげな口ぶりで告げた。

「おかみさんのことはお任せください。代わりに、郁太郎坊ちゃんには思う存分頼らせてもらいますので」

酸いも甘いも嚙《か》み分けた市兵衛への、ほんの軽口のつもりだったが、

「気を引き締めていきます」

郁太郎が大真面目《おおまじめ》に言うので、何だか申し訳なくなる。なつめは「ごめんなさいね。戯言《ざれごと》だから真に受けないで」と謝る羽目になってしまった。

本郷追分を出立した一行は、板橋宿までは徒歩で進んだ。宿場では駕籠《かご》を利用することもできるので、了然尼とおまさの様子を見ながら、駕籠と徒歩でゆっくり進むことになっている。

朝方、泰雲寺を出た了然尼となつめは照月堂まで駕籠で来たこともあり、板橋宿までは問題なく到着した。

「わたくしはまだまだ歩けますえ」

と、了然尼も言うし、おまさも一月になつめの茶屋に来た頃より、顔色がいい。

「こんな贅沢《ぜいたく》は生涯でただ一度きり」

などと言いながら、重荷を下ろしたような明るい表情を浮かべている。

「おかみさんがお元気そうでよかったわ」

こっそり郁太郎に言うと、「俺も同じことを思ってました」と郁太郎が返してきた。

郁太郎の背はすでになつめより頭一つ分高い。

（もう、坊ちゃんと呼ぶのはおかしいかも）

などとも思ったが、といって急に呼び方を変えられるものでもない。

（あのお梅ちゃんっていう子は、郁太郎さんと呼んでいたっけ）

亀次郎は「亀ちゃん」だったか。

そういえば、あの時、お梅は亀次郎に郁太郎の似顔絵を頼んでいた。その話が出てから、亀次郎の声は元気がなくなったようであったが……。

あれ以来、旅の打ち合わせのため照月堂へ行き、亀次郎を見かけることもあったのだが、ゆっくり話をする暇はなかった。だから、亀次郎があの頼みごとを引き受けたのかどうかは分からないし、お梅との仲を知りようもなかったのだ。

（この旅先で、機会があれば、郁太郎坊ちゃんに訊いてみようかしら）

小姑《こじゅうと》よろしく、なつめはそんなことを思ってみたりした。

板橋宿の茶屋で一休みした一行は、了然尼もおまさも大丈夫だというので、徒歩で進んだ。次は蕨《わらび》宿だが、その間には戸田《とだ》の渡しがある。その辺りの荒川《あらかわ》は曲がりくねっているのだが、江戸の護《まも》りを固めるため架橋は許されていなかった。

そのため、船で渡ることになる。

舟渡《ふなど》と呼ばれる渡しには、船を待つ人が十人ほどおり、なつめたちもそこに加わった。

河川敷には葦《あし》や真菰《まこも》が生い茂っており、川面や水辺には鳥の姿も見られた。

「御覧ください。あそこに鴨《かも》が見えます」

郁太郎が少し離れた水辺を移動する二羽の鳥を指さして告げた。

「あら、番《つがい》の鳥かしら」

鮮やかな青緑色の頭に、白と黒の羽毛を持つ一羽と、茶と黒の入り混じった一羽を見て、おまさが呟く。

「たぶん、そうだよ」

と、郁太郎がおまさに答えた。

「真鴨っていう鴨じゃないかな。前に、佐和《さわ》先生に教えてもらったことがある」

「ああ、寺子屋の……」

郁太郎がかつて通っていた寺子屋の師匠の名を出して言った。

「おやまあ、寺子屋ではそないなことまで教えてはるんどすか」

了然尼が目を瞠《みは》って郁太郎に問うた。了然尼は今、時折、近隣の農家の子供たちを寺に集め、物を教えたりしている。いずれはきちんとした学び舎《や》を設け、しっかりした寺子屋にしたいと話すこともあった。

「あ、それはたまただと思います。真鴨が『青首《あおくび》』と呼ばれる昔話を聞かせてくださったことがあって。その話を思い出して、あの鳥が真鴨じゃないかなって思ったんです」

「どんなお話ですか」

なつめが訊くと、郁太郎は吉四六《きっちょむ》という男の話だと言い、それを語ってくれた。

ある日、吉四六が庄屋（名主）の家で「鴨汁」をご馳走《ちそう》してもらえることになり、大喜びで出かけていく。ところが、出されたお椀《わん》に入っているのは大根ばかりで、鴨の肉は欠片《かけら》も見当たらない。何度お代わりしても大根だけ。吉四六は腹を立てつつも、「お蔭さまで腹いっぱいになりました」と言って帰っていく。

さて、数日後、吉四六は庄屋のもとへ行き、「俺のところの畑に鴨がいっぱいいる。捕まえに来てくれ」と言う。庄屋は鉄砲を担いで吉四六の後に付いていくと、木に大根が何本もかけられていた。庄屋が「鴨などどこにもいないじゃないか」と怒り出すと、吉四六は澄まして言い返す。「おや、あれが庄屋さんのところでご馳走になった鴨ですよ」と――。庄屋はぐうの音も出なかったそうだ。

「大根を青首ということを掛けているのね」

なつめが明るい声を上げて言うと、「その通りです」と郁太郎は笑顔で返した。

大根を青首というように、真鴨の別名も青首という。そのとんちを用いて、吉四六を騙《だま》した庄屋は、同じ手口で吉四六から騙し返されたというわけだ。

今、なつめたちの近くにいる番の雄鳥《おんどり》は、まさに首から上が美しい青緑色をしていた。

鳥を見ながらそんな話を交わしているうち、やがて渡し船が戻ってきて、なつめたちは船に乗った。ぽかぽか晴れた好日なので、川を渡る風が心地よい。

この辺りは川幅が狭く、船路はあっという間に終わってしまった。

渡った先は幕府領の浮間《うきま》村で、中山道をさらに進むと、蕨宿、浦和《うらわ》宿、大宮《おおみや》宿と続く。蕨宿で蕎麦《そば》屋《や》に入って昼餉《ひるげ》を済ませ、その後、了然尼とおまさは浦和宿まで駕籠を雇うことになった。二人ともまだ疲れているふうではなかったが、そうなる前に大事を取った方がよいという郁太郎の言葉に従ってのことである。

了然尼とおまさには浦和宿の茶屋で待っていてもらうことにして、なつめと郁太郎は徒歩で進んだ。

広々とした武蔵野《むさしの》の所どころに田畑が見えるが、田んぼにはまだ稲が植わっていない。野には蓬《よもぎ》や土筆《つくし》など、春の草が顔をのぞかせていた。

「そういえば、私がお世話になっていた頃、おかみさんが草餅《くさもち》を作ってくれたことがあったわね」

蓬の香りをいっぱいに吸い込みながら、なつめが言えば、

「はい。塩入り餡《あん》の草餅、今も作ってくれますよ」

と、郁太郎はにこにこしながら返事をする。

「蓬は冷えを改善して、心を落ち着かせてくれる効能があるんですって。だから草餅を養《よう》生《じょう》菓子として、うちの店でも出そうかなって思っているのよ」

「お姉さんのお店では、養生菓子を作っていくのですか」

「ええ。それだけを、とは思っていないけれど……。一口に菓子といっても、茶席の主菓子《おもがし》から気軽に食べられる雑菓子まで、いろいろあるでしょう？　私は了然尼さまがお倒れになった時、体が温まる生姜《しょうが》の菓子を食べていただきたいと思ったの。頭の中に思い描いた菓子を自ら作りたいと願ったのは、その時が初めてだったわ」

「それで、お姉さんは養生菓子を作る道を目指すことにしたんですか。優しいお姉さんらしいですね」

と、郁太郎はにっこりした。

「ふふ、ありがとう。体にいいものを美味《おい》しく食べてもらえるお菓子を作りたいの」

「なつめお姉さんの名前は、体にいいと言われる木の名前ですしね」

「そうそう。棗《なつめ》の実を使って、旦那さんが作ってくださった養生なつめは、私の店でも出させていただいているの。でも、養生なつめは年中作れるわけじゃないから、それに代わる養生菓子も作っていきたいのよ」

なつめは、内藤家の屋敷地内で作った野菜を分けてもらえる話や、芹人参を餡に混ぜて作った朱玉のうさぎのこと、それをおまさとおそのに試食してもらったことなども語った。

朱玉のうさぎの話はおまさから聞いていたそうで、郁太郎は自分も食べてみたいと目を輝かせて言う。

「内藤家では唐辛子《とうがらし》と南瓜《かぼちゃ》がよく穫《と》れるそうで、今年の収穫を楽しみにしているの。南瓜は甘みもあるし、そのまま餡が作れると思うのよ。唐辛子は使うとすれば煎餅《せんべい》かしらね」

「南瓜は体にもよいと聞きますね」

「ええ。それからね、果物についてもよい話を聞いたの。内藤宿のある甲州道は、甲州八《はっ》珍《ちん》果《か》を江戸へ運び入れる通り道でもあるんですって。坊ちゃんは甲州八珍果をすべて言えますか」

さすがにすべては難しいだろうというなつめの予想を裏切り、郁太郎はすらすらとすべてを答えた。さらには、

「胡桃《くるみ》ではなく、銀杏《ぎんなん》と言う人もいるそうですよ」

などと、なつめの知らなかったことまで教えてくれる始末。

柿や栗《くり》、桃などという菓子に使われる果物から始まり、あまり使われると聞かない林檎《りんご》や柘榴《ざくろ》などについても、どういう使い道があるだろうかと、二人の会話は弾んだ。

そのせいか、浦和宿までの道のりはあっという間だったように思える。

やがて、茶屋で待つ了然尼とおまさの姿が見えてきたが、それでも口が止まらない。いつまでも熱心に話を続けているなつめと郁太郎を見て、

「なつめはんの話し相手は、郁太郎はんがええようどすな」

と、了然尼が笑いながら言った。菓子作りの話ではろくな返事ができないと言う了然尼に、おまさも深くうなずいている。

「郁太郎が厨に入るようになってから、その手の話し相手はあたしにも無理ですから」

と、おまさは苦笑していた。

そこから話は今日の宿のこととなる。了然尼とおまさもまだ歩けると言うので、浦和宿から大宮宿までは徒歩で行き、武蔵国一宮と称される氷川《ひかわ》神社に参拝してから、大宮宿の旅籠《はたご》に泊まることに決まった。

郁太郎と菓子談義にふけりながら進むうち、辺り一面、野原を淡い紅色の小さな花が埋め尽くす光景に出くわした。

「まあ、すごい。二人とも見て」

前を行くおまさたちが振り返り、なつめたちに知らせてくれる。

「本当に見事です。これは桜草《さくらそう》でしょうか」

なつめの言葉に「そうどすなあ」と了然尼が応じた。

「武蔵野を彩る花として知られてます」

木に咲く桜の花が美しいのはもちろんだが、野に咲く桜も愛らしい。午後の柔らかな春の日を浴びて、穏やかな風が吹く度、同じ方向になびくさまは、あたかも淡紅色のさざ波が立ったようであった。

「坊ちゃん、あの桜草の花を模《かたど》った主菓子なんてどうでしょう」

見惚《みと》れながら言うなつめに、郁太郎は「いいですね」と笑顔で応じる。

「お姉さんが作ったら、ぜひ見せてください」

「もちろんよ。でも、私はすぐには難しいかも。坊ちゃんが先に作って見せてください。

菓銘は桜草のままじゃつまらないから、〈武蔵野の花〉なんてどうかしら」

「いいですけれど、武蔵野といえば、紫草《むらさき》を思い浮かべる人が多いかもしれませんよ」

「あ、それは『むらさきの一本《ひともと》ゆゑに武蔵野の草はみながらあはれとぞ見る』の歌からくるものね。確かにそうかもしれないわ」

その歌は『古今和歌集《こきんわかしゅう》』に載る有名なものだ。「一本の紫草をいとおしく思うがゆえに、それが生えている武蔵野の草はすべてそのゆかりとしていとおしく思える」というような意になる。

なつめは京の宮中に仕えていたこともある了然尼より、和歌の手ほどきを受けていたから、そうしたことに通じているが、町の寺子屋に数年通っただけの郁太郎には決して当たり前に得られる知識ではないはずだ。

「先ほどの真鴨の話もそうどすが、郁太郎はんはほんまによう物を知ってはるんどすなあ」

と、了然尼も郁太郎に驚嘆の目を向けた。

「それも、佐和先生から教えていただいたの？」

なつめが尋ねると「いえ」と郁太郎は首を横に振った。

「これは、お父つぁんがお得意のお客さまから借りた歌集から……」

その歌集に載る歌を書き写す作業を通して、郁太郎は多くの歌を知ったそうだ。

かつて京で菓子作りの修業をしていた久兵衛は、茶人や歌人といった一流の教養人たち相手の菓子を作るべく、今もなお精進を続けているらしい。そのたゆまなく努力する姿勢はそのまま郁太郎にも受け継がれている。

「紫草の花が咲くのはもう少し先でしょうが、あの花を模った菓子も喜ばれるかもしれませんね」

武蔵野の花という菓銘もいいが、〈紫の一本〉でもいいかもしれない――そんなことを、静かな熱意をこめた口調で郁太郎は語る。その成長ぶりに驚きつつ、自分も精進していこうとなつめは気を引き締めるのであった。

四

旅の初日はこうして順調に過ぎていき、その後も無理のない行程を心掛けながら、四人の旅は続けられた。

中山道を使って本庄《ほんじょう》まで行き、そこから分岐した道を利根川《とねがわ》沿いに進む。中山道を高崎《たかさき》まで行くと、三国街道《みくにかいどう》に出られるのだが、この三国街道の脇往還が本庄から分岐する道となる。玉村《たまむら》、総社《そうじゃ》、大久保《おおくぼ》を経て渋川で三国街道に合流するのだが、この脇往還は佐渡《さど》の金を運ぶ道でもあったから、佐渡街道とも呼ばれているそうだ。

大久保宿を少し行ったところに、また分岐点があり、左へ進むと伊香保へ至る。ここからの道は伊香保道とも呼ばれており、徳川の世となる前から旅人が訪れていた。伊香保温泉目当ての旅人は無論だが、その手前にある水澤寺《みずさわでら》が坂東三十三観音《ばんどうさんじゅうさんかんのん》の札所とされていたため、巡礼者たちも行き来していたからだ。

「せっかくやから、水澤寺の観音さまをお参りしていきまひょ」

了然尼の言葉に反対する者などなく、一行は天台宗《てんだいしゅう》の古刹《こさつ》を目指した。創建はほぼ千年近くも前になり、本尊は十一面千手観世音菩薩《せんじゅかんぜおんぼさつ》。伝承によれば、当時の国司の娘であった伊香保姫のご持仏であったのだとか。

水澤観世音と呼ばれる観音さまを拝んでからは、その近くのうどん屋へ立ち寄った。この辺りの名産である質のよい小麦と、水沢山に湧き出た名水を使って作るうどんは、古くから参拝客たちに振る舞われてきたものだという。

「こしがあって美味しいこと。さすがは名産の小麦で作ったうどんですね」

おまさの言葉に了然尼が「ほんまに」と言ってうなずく。

「つるつると喉を通っていくのがええ具合どす」

二人の言う通り、水沢うどんと呼ばれる名物のうどんは、これまでに食べたことがないほど美味しいものであった。つゆにうどんを浸けて食べるのだが、それも昆布と鰹《かつお》の合わせ出汁《だし》をもとに作っているようだ。

「醤油《しょうゆ》も少し加えているのかしら。でも、この色合いと風味からして薄口のようだけれど」

「他にも隠し味があるのかもしれませんね」

など と、郁太郎とも言い合いながら、地元名産のうどんに皆で舌鼓を打った。

旅の終着地である伊香保温泉は、この水澤寺から一里（約四キロメートル）もないそうなので、湯治の合間にここまでうどんを食べに来ることもできそうである。

「ここで作られている小麦の粉を買って帰ることはできないかしら」

これだけ美味しいうどんを作る小麦の粉で作った菓子は、それまでとは違う食感を試せるかもしれない。照月堂で作る饅頭《まんじゅう》や〈子たい焼き〉などの焼き菓子を思い浮かべ、なつめはふと呟いていた。独り言がつい口をついて出たのだが、横からすぐに、

「俺も同じことを考えていました」

郁太郎から言われると嬉しくなる。

そんなやり取りに、了然尼とおまさは楽しげに笑い合っていた。

水沢うどんで腹が満たされた後は、榛名《はるな》山を見やりつつ、伊香保温泉までの道をゆっくり歩いていく。

「そういえば温泉地では、伊香保神社に至るまでの石段が三百段近くあると聞きました」

いよいよ到着を目の前にして、前々から気になっていたことをなつめは口にした。

石段を一気に上るのは決して簡単なことではないが、ここまで来て伊香保神社にお参りしないという法はない。もちろん、了然尼とおまさもそのつもりであった。

「旅籠は石段の上から下まであるようですが、できるだけ下の方を取りましょう。今日のところは温泉に浸かって疲れを取っていただき、明日以降、折を見て試されるのがよいの

ではないでしょうか」

郁太郎が了然尼に対して、丁重な言葉遣いで言った。

「杖《つえ》も用意してもらえるでしょうし、場合によっては私が背負ってお連れしますから」

郁太郎はおまさにも同じことを言い、「おっ母さんは平気よ」と言われている。実際、体調の案じられたおまさは、ここまでの旅を難なくこなしており、温泉に浸かって疲れを取れば、石段も無事に上ることができそうであった。

伊香保温泉に石段が設けられたのは、戦国の世のことで、この地を治めていた真田昌幸《さなだまさゆき》が武田勝頼《たけだかつより》の命令を受け、整備したものだという。石段の真ん中には湯を引く樋《とい》が設けられ、浴場はその左右に配置された。これによって、源泉が湧き出る湯元だけではなく、何か所もの浴場で同時に湯に浸かることができるようになったのである。そもそもは戦場で傷ついた兵士を癒すための措置であったが、今では石段の左右に旅籠が設けられ、遠来の客を集めていた。

石段の下の方には通行を取り締まる伊香保口留番所《くちどめばんしょ》も設けられているという。ここで通行手形を見せるのだが、泰雲寺の住職である了然尼に厳しい目を向ける役人もいるまいと思っていたら、

「これは、了然尼さま。泰雲寺の開祖の尼君にお越しいただけるとは、まことにもって恐《きょう》悦至極《えつしごく》」

案の定、番所にいた三十路《みそじ》ほどの厳《いか》つい顔をした役人は、すっかり恐れ入った様子で、

了然尼を迎えた。

「いえいえ。わたくしは開祖ではのうて、二代目住職どす。開祖は我が師、白翁道泰さまでおわしますゆえ」

了然尼の声の調子はおっとりしていたが、役人は「ははっ、面目ございませぬ」とかしこまっている。

「して、お連れは女中が二人に、得度《とくど》前の小僧が一人でございますな」

なつめとおまさが女中、郁太郎が小僧に勘違いされたことには閉口したものだが……。

それぞれの通行手形を見せて勘違いを正すなど、滑らかではないやり取りもあったものの、番所の役人が了然尼の評判を知る人物であったことは幸いした。

石段の下の方の旅籠を探しているというと、「こちらで少々お待ちを」と言われ、その間に下男を宿探しに走らせてくれた。

石段の上の伊香保神社にも「我々がお連れ申しましょう」とまで言ってくれるありさまである。

「ご親切なお方で痛み入ります」

旅籠を見つけてきてくれるのを待つ間、了然尼はにこにこしながら役人に礼を言い、ついでに、

「この辺りに、菓子屋や茶屋はありますやろか」

と、尋ねてくれた。

「菓子屋と呼ばれる店は聞きませぬが、茶屋ならば伊香保神社の周辺に出ておりますな。そこでなら団子も食べられますし、蒸し饅頭を出していたはずです」

「まあ、蒸し饅頭ですって」

なつめが声を上げると、「ぜひ食べてみたいですね」とすかさず郁太郎が言った。

夕方までにはまだ間もあるし、若い二人ならば石段を往復するのも大してかからないだろう。

「宿に落ち着いたら、二人で食べに行ってきたらどう？」

おまさから勧められたので、さっそくそうさせてもらうことにする。

その後、役人の命令で出かけていった下男は、こちらの望み通り、石段のいちばん下にある旅籠「あしび屋」へ案内してくれた。部屋も了然尼となつめで一つ、おまさと郁太郎で一つ、使わせてもらえるとのこと。浴場は近くの旅籠と一緒に使う共同のものだそうだが、部屋から廊下伝いに行けるという便のよさも備えていた。

そこで、いったんそれぞれの部屋へ落ち着いてからのことを相談する。了然尼とおまさはしばらく休んだ後、気が向けば温泉に浸かり、適当に過ごすと言うので、なつめと郁太郎はさっそく伊香保神社へ向かうことにした。

下から見上げると、三百段近くある石段はなかなか壮観である。

「それじゃ、行きましょう」

なつめは張り切って上り始めたのだが、「一段、二段」と数えていた石段も三十段くらいで数えるのをやめてしまい、「もう半分くらいは来たかしら」と思って顔を上げた時には、少し息が切れていた。振り返ればずいぶん来たと思えるのだが、上を見れば途切れることなく石段が続いている。

「大丈夫、お姉さん？」

なつめにつられるように足を止めた郁太郎が、気がつくと、手を差し出してくれていた。

「……ありがとう」

お姉さんと呼ばれる自分が年下の子に手を引いてもらうのは、少し情けない。だが、差し出された手を断るのも何やら申し訳なく、実際、手を引いてもらうと、石段を上るのも前より楽になった。

（坊ちゃんの掌《てのひら》……へらを握って硬くなった跡かしら）

あの小さかった郁太郎が、久兵衛と一緒に菓子を作るようになったと思えば感慨深い。

そうやって助けられながら上っていくうち、やがて目の前がぱあっと開けた。

「上り切ったのね」

思えば、これまでの旅のどこよりも、この石段がきつかったかもしれない。それだけに、少し汗ばんだ額に吹きつけてくる風が何とも心地よかった。

聞いていた通り、茶屋が二軒ほど出ていたが、いずれも屋台見世である。縁台もあったが、床几《しょうぎ》や切り株などに座っている人もおり、立ち飲み、立ち食いの人までいる。漂ってくるにおいの中には、小豆を炊いた甘い香りが混じっていて、噂《うわさ》の蒸し饅頭が食べられそうだ。

しかし、まずは伊香保神社にお参りをする。祀《まつ》られているのは大国主命《おおくにぬしのみこと》と少彦名命《すくなひこなのみこと》で、ご利益は多々あるものの、医薬の神としても知られている神さまたちだ。

(私には何よりありがたい神さま……)

なつめは手を合わせ、伊香保までの旅を守ってくださったことに礼を述べた。そして、了然尼とおまさの健やかなることを願い、また自らが養生菓子を作り続けていけるよう、うさぎ屋が旅人たちの安らぎとなれるようにと、祈りを捧《ささ》げる。

それから、すぐそばの茶屋へ出向いた。

「えー、伊香保でしか食べられん温泉の蒸し饅頭を食べてってくんない。黄金の湯で蒸したから、ほんのり色づいてるだがね」

茶屋の主人の呼び声につられ、なつめと郁太郎は神社に近い方の屋台へ向かった。一つ十文だという蒸し饅頭と、この辺りで飲まれるという桑茶《くわちゃ》をもらい、縁台に腰を下ろした。

「蒸し立てのお饅頭のいい香り。温泉の湯で蒸すと味が変わるのかしら」

「でも、皮の色はふつうですよね」

郁太郎が小さな声で首をかしげている。「色づいている」と言われれば、確かに少しはそうかなと思えるのだが、それは雪のように真っ白ではないというだけのことだ。このくらいの色の饅頭はふつうにどこでも売っている。

「色づいていると言うなら、皮を褐色にするような工夫をしてもいいのに」

と、呟く郁太郎の声を聞きながら、なつめは蒸し饅頭を口に入れた。

名産の小麦で作った饅頭の皮はもっちりして、少し塩味が利いている。それが中のこし餡の素朴な甘味を引き立てており、三百段を上り切った体に沁《し》みわたる美味しさだ。

「砂糖ではなく、飴《あめ》か甘葛《あまづら》で甘みを付けているのでしょうか。美味いです」

郁太郎がじっくり味わいながら、呟いている。どこか分別くさい真面目な顔つきに、なつめは思わず笑ってしまった。

「美味しいなら、笑わなくっちゃ」

その言葉に郁太郎は一瞬固まり、それからはっとした様子で表情を和らげた。

「本当にそうですね」

何度かうなずきながら、郁太郎は残っていた饅頭を口に入れ、笑顔で食べ終えた。なつめも饅頭を食べ終え、桑茶をゆっくりと味わう。香ばしく苦みが少なくて飲みやすい茶であった。

「お姉さんが内藤宿で菓子茶店を出したのはどうしてですか」

不意に、郁太郎が尋ねてきた。

「それは、どうして内藤宿を選んだのか、ということ？　それとも、どうして菓子屋じゃなくて菓子茶店なのか、ということかしら」

「どっちもです。ずっと訊いてみたいと思っていたので」

まっすぐ向けられる真摯《しんし》な瞳に、なつめはうなずいてみせた。

「そうよね。菓子作りを全《まっと》うするだけなら、菓子屋を開くか、菓子屋で働けば事足りるんだもの」

「養生菓子を作るため、自分の店を持つ方がやりやすい、というのは分かりますが……」

「ええ。自分の店を持つことに決めたのは、それがいちばんの理由。養生菓子はただお客さまに買っていただけたら、それで終わりってものではないと思うの。菓子を味わうお客さまの顔を間近に見て、お顔色の良し悪しや変化などにも気づけるような、そんな菓子作りをしていきたいと思って――」

郁太郎はふうっと大きく息を吐き出した。

「とても……とても難しいことですね」

「そうね。私はお医者さまでもないのだから、容易《たやす》くできることでないのは分かっているわ。一生かかってもできないかもしれないけれど、それを目指してみたいと思ったの」

「菓子屋ではなく、菓子茶店である理由は分かりました。それじゃ、どうして内藤宿なんですか。泰雲寺から通えるからですか」

「それも理由の一つではあるわ。でも、それなら泰雲寺の門前に茶屋を出してもよかったのよ。来てくれるのは近隣の人だけになっちゃうかもしれないけれど……」

だが、かつて両親の墓参りのため、兄と一緒に京へ上った時、街道で見かける茶屋が旅人を助ける大切なものだと知った。その兄から、甲州道は日本橋と高井戸の間が離れていること、間に内藤宿はあるものの、正式な宿場でないため店なども少なく、旅人が不便をしていることを教えられた。

その後、自分でも調べてみて実情を知った。さらに、ある夏の盛り、甲州道を行く旅人が霍乱《かくらん》（熱中症）で倒れたという話も聞いた。

「その方はたまたま、通りかかった人がすぐに気づいて日陰で休ませ、お医者さまも呼んでもらえたから助かったの。でも、気づいてもらえなければ、炎天下の中、命を落とすこともあり得たそうよ」

それを聞いて怖くなった。駿河国《するがのくに》に暮らしている兄は時折、江戸に出てくることがあるが、その兄がそんな目に遭うかもしれないと思うと、血の気の引く思いがした。

兄が使うのは東海道《とうかいどう》だが、甲州道を行く旅人にだって、なつめが兄の身を案ずるように、その身の無事を祈る人がいるだろう。その人たちの安心の手助けをしたいと思うのは自然な成り行きだった。

「その手の霍乱はね、適切に水気と塩気を摂っていれば防げるものなんですって。そして、その水気と塩気を体が上手に取り込むためには、甘いものがいいそうなの」

「それって、まさにお茶と菓子……」

思いがけない気づきに目を見開く郁太郎に、なつめは「そうなのよ」とにっこりしながらうなずいた。

「甘いだけのお菓子じゃ、塩気が上手に摂れないから工夫は必要でしょうけれど」

「塩餡と甘い餡の菓子を一緒に食べてもらえば、うまくいきますね」

「そうね。おかみさんの作ってくれる草餅と、照月堂で売っている甘い草餅、それを一緒に食べてお茶を飲めば、霍乱にはならないと思うわ」

郁太郎は感じ入った様子で大きくうなずいた。

なつめ自身、郁太郎に語ることで、菓子茶店を始めた時の決意を新たにすることができた。神社にも無事お参りして、自分でも不思議に思えるほど気持ちは晴れ晴れとさわやかだった。

ふと目を西へ向ければ、榛名山の山容がくっきりと美しい。なつめは残っていた桑茶を飲み干し、「帰りましょうか」と郁太郎に微笑みかけた。

五

旅籠のあしび屋に到着した後、なつめは湯に入った。先に温泉に浸かってきたという了然尼から聞かされていたが、伊香保の湯は茶褐色をしている。明るい色合いではないが、「黄金の湯」と呼ばれるのも納得でき、肌触りは柔らかく、体が芯から温まって、旅の疲れも溶け出していくようだ。

ゆっくりと湯に浸かってから、庭に面した廊下を通って部屋に戻ろうとした時、これから湯に向かう郁太郎と鉢合わせた。その眼差《まなざ》しの先には白い花が見える。

「あの花を見ていたの？」

なつめも足を止め、郁太郎の傍らに立って、同じ花を見つめた。丈の低い庭木で、その枝には小さな白い花が房になって咲いている。

一つひとつの花は鈴蘭《すずらん》のような壺《つぼ》の形だが、花の付き方は鈴蘭よりもびっしりとして、重く下に垂れ下がった姿は藤のようにも見えた。

「あれは、馬酔木《あしび》ね」

この旅籠の名が「あしび屋」であるのも、あの花に因《ちな》んでのことだろう。

「ちょうど花の盛りだったのね。いい旅籠に泊まれてよかったわ」

「……はい」

「もしかして、お菓子のことを考えていたのかしら」

真剣な横顔に見えたので、そんなところかなと思って訊いたのだが、「えっ」と郁太郎は思いがけないような表情を見せた。

「あ、違ったのね。かわいらしい形だから、お菓子の形にいいかしらと思ったのだけれど」

何でも菓子につなげがちなのは、自分だけかもしれない。郁太郎だって、花を見て菓子以外のことを思い浮かべることはあるだろう。そんなことを思っていたら、

「馬酔木は菓子の意匠にはしない方がいいと思います」

不意に郁太郎が言った。

「そう？　かわいい形だと思うけれど」

「でも、口に入れるものに模るべきではありませんよ。馬酔木には毒があるんですから」

「まあ、そうなのね」

馬酔木という名は、その葉を食べた馬が毒に中《あた》って酔ったようになることに由来しているという。花の形が愛らしいので、庭木としては好まれるが、人が口にしてもめまいなどを起こすので、注意しなければならない草木の一つだそうだ。

郁太郎からそのことを教えられ、「それは確かに菓子にするべき花ではないわね」となつめも納得した。

「それにしても、坊ちゃんは本当にいろいろなことを知っているのね。了然尼さまも感心していらしたけれど、私も驚いたわ」

「小さい頃、教えてくれたお姉さんと佐和先生のお蔭ですよ」

「私なんて、大したことは何も」

そんな言葉を交わした後、

「でも、菓子のことでないなら、馬酔木の花を見て何を考えていたの。とても熱心に見入っているようだったけれど……」

と、なつめは改めて尋ねた。

「あ、えっと……なつめお姉さんは白い花が似合うかなって……」

郁太郎は何気ない調子で答えたものの、すぐに慌てた様子で、

「も、もちろん、馬酔木の花がそうだって言いたいわけじゃないよ。その、お姉さんに毒があるとか思ってるわけじゃなくって……」

あまりに慌てているせいか、いつもの丁寧な口調まで崩れている。だが、そんな郁太郎の姿を見るのは初めてで、なつめはほんの少し安心した。いくらしっかり者の跡取り息子でも、少しくらいは年相応のところを見せてもらわないと、かえって心配になる。

「ふふ、どうして私に白い花が似合うと思ったのかしら。あ、名前がなつめだから？　棗の花も白っぽいものね」

夏に咲く棗の花は黄白色とも呼ぶような色合いだが、なつめは好きである。

「うーん、棗の花より、真っ白な花の方が似合ってるんじゃないかな。色白だし……」

「えっ……」

褒め言葉とは言い切れないが、急に見た目のことを口にされて少し返答に困る。

「そ、そうかしら。白い花というと、白梅とか鈴蘭とかかしらね……」

いや、これではまるで、自分が白梅や鈴蘭みたいだと自惚《うぬぼ》れているように聞こえやしないか。郁太郎はあまりぴんときていないようだが、なつめは焦って話を変えた。

「そういえば、私、郁太郎坊ちゃんに訊きたいことがあったのよ」

「何でしょう」

「前に亀次郎坊ちゃんと一緒にいた女の子、お梅ちゃんと言ったかしら」

「はい。亀次郎と同い年の子です」

「亀次郎坊ちゃんはいつも富吉ちゃんと一緒と思っていたせいか、女の子と二人きりの姿に少し驚いちゃったわ」

なつめの言葉に、郁太郎はきょとんとした表情になると、やがて笑い出した。

「お姉さんから見ると、そうかもしれませんね。でも、亀次郎は寺子屋で女の子たちの人気者でしたよ。特にお梅ちゃんとは仲良くしてましたね。二人とも絵が得意で話が合うんでしょう」

「そうだったのね」

あの後、お梅が亀次郎に郁太郎の似顔絵を求めていた話は、郁太郎には聞こえていなかったのだろうか。この流れで話題に上らないなら、話すことはもはやない。

「それじゃ、私は部屋に戻りますね。郁太郎坊ちゃんもゆっくりお湯に浸かってください」

そう言い置いて、なつめは歩き出した。ところが、何歩も進まぬうち、

「お姉さんにぴったりの白い花は……」

と、いささか唐突に郁太郎が声を上げた。なつめが振り返ると、

「馬酔木でも、棗でも、白梅でもないと思うんです」

不思議なくらい確固とした口ぶりで、郁太郎は言った。

「そう、かしら?」

「その花を見つけたら、いつか菓子の意匠にします」

やはり菓子のことにつながるのか、となつめは納得した。

「楽しみにしているわ、坊ちゃんが作ってくれるお菓子」

「はい」

郁太郎は妙にすっきりした表情になると、浴場へ向けて歩いていった。


なつめたちはあしび屋に逗留《とうりゅう》しつつ、湯治の日々を過ごした。到着から二日後、了然尼とおまさも伊香保神社への参詣を果たしている。

旅籠で杖を借りつつ、途中何度も休みながらゆっくり上ったので、二人とも自分の足で往復できた。お参りは一度だけで十分だとのことだが、蒸し饅頭は食べられるならもう一度食べたいと、おまさは言う。了然尼も気に入ったそうなので、なつめと郁太郎で再び石段を上った際、温泉蒸し饅頭を多めに買い込んできた。そうやって宿へ持ち帰り、饅頭を楽しむ湯治客もけっこういるそうだ。

宿の者も慣れており、桑茶を淹《い》れてくれた。

「このお茶はどこかで買えるのかしら」

おまさが尋ねると、やはり同じことを訊く湯治客がいるらしく、近くの農家で土産《みやげ》用に買い求めることができるとのことであった。

「ほな、わたくしたちも正吉はんとお稲はんに買《こ》うていきまひょ」

「はい。癖のないお茶ですし、喜んでもらえるでしょう」

了然尼となつめも言い合った。なつめは、お秋たちへの土産やうさぎ屋で出す分も買っていこうと思っている。

「蒸し饅頭も持って帰れたらいいのですが、残念です」

さすがに江戸までは日持ちがしない。

「味を覚えていって、郁太郎はんかなつめはんが作ればええのやおへんか」

了然尼から言われ、それもそうかと思ったものの、残念ながらこの辺りの小麦を買えるところは見つからなかった。

屋台の主人は温泉の湯で蒸していることが美味しさの秘訣《ひけつ》であるような言い方をしていたが、なつめと郁太郎の見立てでは、美味しさの秘訣はやはり小麦の粉にある。温泉で蒸しているのは本当だろうし、若干、そのにおいがついている気はするのだが、

「味わいにはあまり関わりがないような気がします。温泉地での風情を感じさせる効き目はあるかもしれませんが……」

と、郁太郎は吟味していた。

「でも、黄金の湯で蒸しているから、皮がうっすら褐色に染まっているんでしょ」

饅頭の皮を見ながら呟くおまさは、どうやら言葉の魔にしてやられているようだ。

「まったく、おっ母さんは人を信じやすいんだから。よく見れば、照月堂饅頭の皮の色と変わらないはずだよ。うちの饅頭だって、砂糖みたいに真っ白じゃないだろ」

郁太郎から指摘されると、「そう言われれば、そうかもしれないわねえ」とおまさも言

い出した。その後、郁太郎はなつめに目を向けると、

「それより、饅頭の皮を黄金色っぽくするには、胡麻《ごま》を煉《ね》り込んだらいいんじゃないでしょうか。胡麻の風味は饅頭に合うと思うんですけど、お姉さんはどう思いますか」

と、訊いてきた。

「胡麻を煉り込む？」

色付けから思いついたことのようだが、胡麻風味の饅頭は美味しそうだ。

「胡麻には、そういえば、金色のものがありましたよね」

なつめがおまさに目を向けて尋ねると、「ええ、金胡麻とか呼ばれているわね。油胡麻ともいったかしら」とすぐに返事があった。

「黒胡麻もありますよ。どの胡麻の風味が饅頭に合うか、いろいろ試してみなきゃいけないだろうけど」

郁太郎が考え込みながら慎重に言う。

「そうね。そのお話、ぜひ旦那さんに話してみて。色合いも風味も新しい饅頭が出来上がるんじゃないかしら」

胡麻は体にもいい食材だし、自分も試してみようと、なつめ自身も心に留めた。

「何とも楽しそうどすな。帰宅してから、わたくしたちも新しい菓子を食べさせてもらえるのが楽しみどす」

了然尼の言葉に、おまさが「まったくですね」とうなずいた。郁太郎を頼もしげに見つ

めるその眼差しは、母としての喜びと安心にあふれているように見えた。

六

伊香保温泉に来て五日が過ぎた。当初の予定としては、七日の逗留を見込んでおり、明日にはそろそろ帰り支度を始めなければならない。

郁太郎は桑茶を買いに出かけていた。なつめも一緒に行こうとしたのだが、おまさから少し話がしたいと言われ、残ることになったのだ。いったい何の話だろうと、少し構えてしまったが、

「大した話じゃないのよ。ただ、こういう機会でもなければ、なつめさんともゆっくり話すことができないし」

と、おまさは軽やかに笑いながら言う。とはいえ、ひょっとすると了然尼の前ではしづらい話もあるかもしれないと思い、なつめがおまさの部屋へ出向いたのだった。

「まずは、あたしのわがままに付き合ってくれて、本当にありがとうね、なつめさん。このことだけはきちんと伝えておきたかったのよ」

おまさはなつめが目の前に座るのを待ち、丁寧に頭を下げた。

「そんな……頭をお上げください。私こそ誘っていただけたお蔭で、了然尼さまとの湯治旅が叶いましたし、さまざまな学びと思い出を得られました。おかみさんには深く感謝し

ております。こちらこそ、ありがとうございました」

「そう言ってもらえると嬉しいわ」

おまさは顔を上げ、ほっと安堵《あんど》の息を漏らした。

「伊香保の湯に入られて、お加減はよくなられましたか」

「ええ。やはり温泉はいいものね。手足の先の冷えに悩まされていたのが嘘《うそ》のようになくなったの。その分、寝つきがよくなったせいか、疲れも溜《た》まらないし。体の芯から温めてくれるのは本当なのね」

朗らかに言うおまさの顔色は、確かに江戸にいた頃よりとても明るい。

「お帰りになられてからも、お体をいたわってください」

「そうね。元気だったのは温泉地にいた間だけ、なんて言われないように」

顔を見合わせて、ふふっと同時に笑い声を漏らした後、

「郁太郎はこの旅の間、ちゃんと了然尼さまとなつめさんを手助けできていたかしら」

と、おまさは真面目な顔つきになって訊いた。

「もちろんです。この旅では、坊ちゃんの成長ぶりに驚かされてばかりでした。幼い頃からしっかりしていましたが、今回は特に助けられたり、教えられたりすることが多くて」

「それならよかったわ」

おまさはしみじみと言った。

「それにしても、坊ちゃんは職人としての腕をめきめきと上げておられるのでしょうね。

話を交わすだけで、その才や努力が伝わってきました。旦那さんはさぞや頼もしく思っておいででしょう」

「そうねえ」

おまさは微笑みながらうなずいたが、その物言いはどことなく一歩退《ひ》いているように聞こえた。なつめがあまりに褒め上げたため、親として謙遜《けんそん》してみせたというふうでもない。二人は血がつながっていないが、昔から実の母子そのものだったから、今さらそれが原因になるはずもない。

ならば、息子への褒め言葉を手放しで喜んでもよさそうなのに、どうしておまさの表情は水の膜でも通して見るかのように、つかみどころがないのだろうか。

「なつめさん、この前、亀次郎と富吉に会ったでしょ。二人も修業を始めたんだけれど、どう思った？」

不意に、おまさが話を変えた。

「亀次郎坊ちゃんと富吉ちゃんですか。筒袖姿になった姿を見て、二人とも大きくなったんだなと思いましたが……」

急に亀次郎たちの話を始めたおまさの意図は分からないが、なつめは黙って耳を傾けた。

「あの二人が修業を始めてそろそろ半年かしら。あたしの目から見ても、郁太郎が同じ年だった頃と比べると……ね」

おまさは小さく溜息《ためいき》を漏らした。

「郁太郎坊ちゃんと比べたら、二人がかわいそうですよ。郁太郎坊ちゃんは旦那さんの血を引いて、人並み外れた才をお持ちなんですから」

「だけど、うちの人の血を引いているってことで言えば、亀次郎にも才があっていいはずでしょう?」

「おかみさん……」

「事情を知ってるなつめさんだから言うけど、あたしは亀次郎の才がないと嘆いてるわけじゃないのよ。そりゃ、そう産んであげられなくてかわいそうだとは思うけれど……」

「そんな……。亀次郎坊ちゃんは修業を始めて日も浅いんですから、これからですよ。富吉ちゃんだって」

なつめはおまさの真意が分からず、少し戸惑っていた。

「もちろんその通りよ。富吉のこともあたしは自分の子と思っているわ。でもね、二人を見ていて分かってしまったの。亀次郎と富吉では、同じように菓子職人を目指していても、心に抱えているものが違うって」

「それは、もしかして郁太郎坊ちゃんに対する思いや態度ということですか」

ふと思い当たってなつめが尋ねると、おまさはおもむろにうなずいた。

「ええ。郁太郎がどれほど才を見せたとしても、富吉はまったく気にしていない。素直に感心しているだけ。親としてはもうちょっと欲を持ってほしいと思わなくもないくらいよ。でも、亀次郎は違うの」

「郁太郎坊ちゃんの才を前にして、平然としてはいられないのですね」

「そう。あのくらいの年頃なら、それが当たり前でしょうけれど……」

「亀次郎坊ちゃんが郁太郎坊ちゃんに、楯突《たてつ》いたりするということでしょうか」

「まあ、まだ子供だし、何かするわけじゃないけれどね。でも、出来のよい兄を前にどうもひねくれ始めているのよ。亀次郎のそういう態度がもっと高じてくれば、郁太郎や富吉だって無視できないでしょうし」

おまさは亀次郎の気持ちだけでなく、郁太郎や富吉がその影響を受けることも深く心配しているようであった。

「旦那さんは何とおっしゃっておられるんですか」

「話を持ちかけてみたことはあるんだけど、亀次郎の器を案じていると思われちゃったみたいで。まあ、あながち間違っているわけじゃないんだけれど」

と、おまさは苦笑してみせる。

「亀次郎に才がないと決まったわけじゃねえ、とか言われちゃうと、あたしもどう返せばいいか分からなくてね。抗弁するのもおかしいし、そもそも職人じゃないあたしには器を測る目があるわけでもないし……」

おまさが案じているのは、兄弟の間柄がこじれることだろうが、その大きな原因と考えられる二人の才能の差が、久兵衛の目にはおまさとは違う形で見えているようだ。

おまさの不安ももどかしい気持ちもなつめには分かるが、兄弟の才能の差について久兵衛がどう見ているのかは知る由《よし》もない。おまさはもしかしたら、なつめなら分かるのではないかと期待したのかもしれないが、分からないまま安易なことは言えなかった。

「まあ、うちの人が言うのなら、才はあるのかもしれないけれどね」

おまさはなつめの返事をあきらめたのか、自分からそう言って苦笑した。

「ただ、その時にね、富吉はこれから相当苦労するかもしれない、なんて言ったのよ」

「え、それはどういう……」

「それもよく分からないの。もしかしたら、富吉は菓子職人には向いていないのかも……。あの子はお菓子が好きということから職人の道を目指し始めたけれど、何事も向き不向きがあるでしょうし」

おまさは再び溜息を漏らした。

亀次郎のことで相談したのに、それは解決せず、新たな問題を知ってしまったことになる。

「そんなことを言われたもんだから、亀次郎だけじゃなく富吉のことも心配になっちゃって……」

おまさは明るく笑ってみせるが、そういう気苦労が体に障ることもあるのではないか。おまさの心配を取り除くことはできないが、せめて気持ちを少しでも軽くできるのなら
――そう思いつつ、なつめは口を開いた。

「私も菓子が好きというだけで、この道を目指しました。旦那さんは初めの頃、女が職人

になるなんて、とんでもないというお考えでしたよ。それでも、今もこうしているわけですし、富吉ちゃんだって分かりません。旦那さんのお考えだって、この先、変わることはいくらでもあるでしょうし」

「そうだったわね」

おまさは思い出したように微笑んだ。

「なつめさんの時は、あたしもただひたすら、混じりけのない気持ちで応援することができたのにね」

「ご心配になるのは当たり前だと思います。おかみさんは三人の母親でいらっしゃるんですから」

なつめの言葉に、おまさはしみじみとうなずいた。

「そう、母親だから余計なことを考えてしまう。本人の望む道を力強く歩んでいってほしい――その思いは、なつめさんの時でもあの子たちの時でも同じなのにね」

おまさは小さく息を吐くと、じっとなつめを見つめ、

「もう少しだけ、聞いてもらっていいかしら」

と、尋ねてきた。

「何でもお聞きします」

なつめもおまさを見つめ返してうなずくと、

「郁太郎の話に戻るんだけれどね」

と、おまさは複雑な表情で切り出した。

「才があるのは確かだし、努力もできる。親としてこれ以上は求めようがない子なのよ。だけどね、それはそれで、何かこう胸がつかえるような感じがあって……」

そう言いながら、おまさは喉の辺りを手で押さえるようにする。その姿がまるで体の苦痛をこらえているように見えて、なつめまで苦しくなってきた。

「何が心配って、うまく言えないんだけれど……。ただね、二人きりの兄弟で、一方があまりに突き抜けているのは、決していいことじゃないのよ。亀次郎も苦しいだろうけど、郁太郎も仕合せじゃない。それじゃあ、二人が拮抗《きっこう》していればいいのかっていえば、それはそれで悩ましいものだけど」

「おかみさん……」

「あたしったら、いったい何が言いたいのか、分からないわよね」

「いえ、そういうわけでは……」

なつめは首を横に振ったが、かといって「分かります」と安易に言うこともできない。

「うちの人はああいう人だから、大事なことでも言葉にしたりしないでしょ。見て分かれ、とでもいうのかしらね。職人さんの間ではふつうなのかもしれないし、父と息子はそれでいい面もあるのかもしれないけれど、あたしの目には何か足りなく見えちゃって」

おまさは口をふっと閉ざすと、なつめと目を見合わせ、「これは愚痴《ぐち》」と言って悪戯《いたずら》っぽく笑ってみせた。

「あたしだってうまく言葉にできてないのにね。うちの人のこと、言える立場じゃないんだけれど」

「いいえ、おかみさんのおっしゃりたいこと、伝わってきました。その、もどかしさみたいなものも。それを旦那さんや坊ちゃんたち……たぶん男の方には、理解してもらいにくいってことも」

「……聞いてくれてありがとうね、なつめさん」

そう言った時のおまさは、声も表情もすっかり変わっていた。

「胸のつかえが小さくなったようだわ。この話はこれでおしまいね」

「分かりました。ですが、江戸へ帰ってからでも、私でよければいつでもお話しください。ちょっと遠いですけれど、おかみさんがうちの店に来てくだされば嬉しいですし」

「ぜひそうしたいわ。江戸の中なら、駕籠だっていつでも使えるし」

「私も郁太郎坊ちゃんに負けないよう、美味しい菓子を作ってお待ちしていますので」

「江戸へ帰ってからの楽しみが増えたわね」

おまさは明るい笑い声を立てて言い、それからは他愛のない話を交わしているうち、やがて買い物を終えた郁太郎が帰ってきたので、それを機になつめは部屋へ戻ることにした。

「了然尼さまとお姉さんの分の桑茶は、お部屋に届けてあります」

と、郁太郎は告げた。

「それから、いいお知らせがあります」

と、にこにこしながら続けて言う。

「お姉さんが欲しがっていた、この辺りの小麦の粉なんだけど……」

「もしかして、売ってくれる人が見つかったのかしら」

桑茶も農家で売っていたのだから、小麦の粉を売る農家があったということだろうか。そう思ったのだが、郁太郎は思わせぶりに首を横に振った。

「実は、卸《おろ》し先の江戸の店を聞いてきたんです。この辺りだけで食べ切っていることはないだろうと、尋ねてみて正解でした」

日本橋の桝屋《ますや》という粉屋で、水沢うどんに使われているのと同じ小麦を扱っているそうだ。

「江戸に帰ったらすぐ、当たってみなければね」

なつめが張り切って言うと、

「お姉さんのところからじゃ遠いだろうから、お父つぁんに相談してみますよ。手に入ったら、ちゃんとお姉さんにもお知らせしますんで」

と、郁太郎が気を利かせてくれた。本当に気が回る優しい子だ。そんな郁太郎の様子を、おまさが朗らかな笑顔で見守っていた。先ほど目の中にあった不安の色はもう見られない。

「私も、江戸に帰ってからの楽しみが増えました」

なつめはおまさに笑いかけた。

「おっ母さんも、何か楽しみにしているの？」

郁太郎が不思議そうな目をおまさに向けて問う。

「温泉に入って元気になったからね。これからは、なつめさんのお店にもしょっちゅう遊びに行けるわって話していたの。お前たちも皆、修業を始めて、あたしの手を離れたし、おそのさんもいてくれるしね」

おまさは郁太郎を前に、ことさら明るい声を出す。

「いくら元気になったって、あっちに温泉はないんだからね。気を抜いて無理をせず、達者でいてくれないと――」

郁太郎ははしゃぐ母親に疑わしそうな目を向けながら言った。

「ああ、分かってるわよ。そんなにがみがみ言わないでちょうだい」

おまさはうるさげに手を振りながら、なつめに目配せしてみせた。

「まったく、どっちが口うるさい親なんだか分からないでしょ」

「本当に」

なつめが笑い出すと、郁太郎もしょうことなしに笑ってみせる。

部屋に弾けるこの笑い声を、江戸でもまた聞けますように――なつめはこの時、ひそかにそう願った。

第三話　お豆かん

一

　なつめたち一行が伊香保温泉から戻った時、暦はすでに三月に入っていた。うさぎ屋を開けるのは帰宅から二日後とし、前日は準備に当てた。留守にしていた店へ出向いたついでに、四谷の長屋で暮らす小春のもとを訪ね、土産《みやげ》の桑茶《くわちゃ》も渡している。姉のお秋には会えなかったが、店が開いたらすぐに行くと言ってくれているそうだ。

　そうして、うさぎ屋再開の当日。

「今日からまた頑張ります」

　うさぎ屋が休みの間、体がなまってしまったと言う小春は元気いっぱいだ。

　朝方はもともと客が多くはないのだが、店を再開してから半刻ほどは客が入らず、少し心配になった頃、ぱらぱらと客が入ってきてくれた。主に地元の馴染《なじ》み客で、その中には振り売りのおときもいる。

「まあったく、なかなか店が開かないからやきもきしちまったよ」

と言うおときは、さっそくみたらし団子に桑茶を注文してくれた。

「ご心配をおかけして申し訳ありません。これからもよろしくお願いします」

「まあね。湯治旅っていうし、すぐ帰ってこられないのは分かっていたけどさ。時折、差配さんと顔を合わせて、なつめさん、どうしているかねえと話したりしてたんだよ」

そんなことを話しながら、おときは桑茶をお代わりし、追加で望月《もちづき》のうさぎも頼んでくれた。

「明日もまた寄らせてもらうよ」

おときはそう言って帰っていった。

差配人の馬之助もその日のうちにやって来て、留守中に障《さわ》りはなかったことを報告してくれた。お礼に桑茶の葉を渡すと、店でも注文した馬之助は、「さっぱりして好ましい味だね」と嬉《うれ》しそうであった。内藤家に仕える中間《ちゅうげん》の友吉にも同じ桑茶を渡したのだが、「桑の木なら屋敷地の中にもあるな」と、こちらは何やら思案するような表情を浮かべていた。

そして、その日の夕方、待ちかねたお秋も店を訪れる。

「みたらし団子と桑茶をお願いね」

小春に渡した桑茶をさっそく家で試して、味を気に入ったとのこと。大好きなみたらし団子のことはずっと恋しかったらしく、

「んー、やっぱり、このたれがいちばんね」

と、目を細めていた。

再開初日ということで、夕方まで残ってくれた小春とお秋を見送ってから、なつめも帰路に就く。途中で神田川《かんだがわ》の河原に立ち寄り、蓬《よもぎ》を笊《ざる》ひと山ほど摘み取った。

旅の往路では、帰ったら草餅《くさもち》を作るつもりだったが、あちらで温泉蒸し饅頭《まんじゅう》を食べたことと上質な小麦を知ったことで、気が変わっていた。

（蓬入りの蒸し饅頭を作ってみよう）

旅の帰路、郁太郎に話してみると、すぐ桝屋という日本橋の粉屋に渡りをつけると言ってくれた。

それは先の話として、まずは手持ちの粉で試してみるつもりだ。

饅頭の皮に煉《ね》り込んだ場合、風味や色合いをほどよく出すには、蓬の分量はどのくらいが適切なのだろう。さらに、これから暑くなることを踏まえ、長い道を歩いてきた旅人に必要な塩気と甘味を摂ってもらうには……。

なつめはその日、泰雲寺の台所を借りて饅頭作りに取りかかった。

まずは蓬を塩茹《しおゆ》でし、少量の茹で汁を加えてすり潰す。これと白玉粉、茹で汁を鍋に入れた後、篩《ふるい》にかけた小麦の粉を入れて、ざっくりと混ぜる。塩も加えてよく煉った後、一

つ分の分量に分け、餡《あん》を包んでから蒸せば完成だ。

草餅よりも淡い色合いの饅頭が出来上がった。蒸し立ての饅頭からは、蓬のさわやかな香気と甘い餡の香りが立ち上ってくる。

餡の塩気と甘味のさじ加減は後から調整するとして、まずは出来上がったばかりの蒸し饅頭を、了然尼に供することにした。

草餅ならぬ草饅頭だが、思ったより香りもいいし、〈よもぎ饅頭〉と呼ぶことにする。

「〈よもぎ饅頭〉でございます。伊香保の桑茶と一緒にお召し上がりくださいｌ」

「ほんにまあ、香ばしいこと」

皿を手にした了然尼は大きく息を吸い込んでから、目を細めた。

「旅先でさまざまなものに触れるうち、作ってみようと思いつきまして」

「なつめはんは道中、いろいろと目を配って、考えをめぐらしてはったさかいなあ」

了然尼は添えられた黒文字《くろもじ》で、饅頭を一口大に切り分けると、口へ運んだ。

「蓬といえば、草餅と思うてましたけど、饅頭の薄皮から伝わってくる蓬の香りもええもんどす」

了然尼の頬《ほお》に浮かぶ満ち足りた笑みに安堵《あんど》の息を漏らし、なつめもよもぎ饅頭を口に運んだ。ふわっと柔らかな口当たりと一緒に、春の香りが届けられる。

「上州産の小麦が手に入りましたら、また作ってみたいと思います」

「あんじょうお気張りやす」

了然尼から励まされ、なつめは気持ちを新たにした。

それから数日後、よもぎ饅頭はともかく、蓬を使った草団子と草餅をなつめは茶屋で供する品に加えた。

「草団子に草餅は今だけですよ。さわやかな春の香りをお楽しみください」

小春は時折、店前《たなさき》で道を行く人に呼びかけてくれる。

「蓬は冷えにも風邪封じにもいいんですよ。蓬の養生《ようじょう》菓子を食べて、元気になりましょう」

なつめから聞きかじった蓬の薬効についても触れてくれるので、客たちもそれを面白がってくれているようだ。

そんなこんなで忙しくしつつ、郁太郎から小麦の知らせを待っていたある日のこと。思いがけない人物がなつめの茶屋を訪れたのであった。

ちょうど昼九つの鐘が鳴り出した頃、暖簾《のれん》をくぐってきたその客は、

「いらっしゃいませ」

と、明るく出迎えた小春に、「あれ？」と不思議そうな声を上げる。そして、きょろきょろと店の中を見回した後、

「ええと、ここに、なつめさんって人は……」

と、困惑気味に言い出した。それは厨《くりや》にも届いており、聞き覚えのある男客の声になつ

めは慌てて仕切りの暖簾をくぐり抜ける。

振り分け荷物を担いだ男客が、すぐに気づいて破顔した。

「やあ、なつめさん、久しぶり！」

「安吉《やすきち》さん？」

目の前にいたのは、かつて照月堂で共に働いていた昔馴染みであった。

当時のなつめは郁太郎と亀次郎の世話係で、安吉は職人見習い。なつめが菓子職人の修業を始めた頃、安吉は久兵衛の知人が営む京の菓子屋へ行き、そこの職人となっていたため、厨で一緒に働いたことはない。

なつめが最後に安吉の顔を見たのは四年前、京へ両親の墓参りに出向いた際のことであった。

今も京にいるとばかり思っていた安吉が目の前にいるなんて、すぐには信じがたいほどである。

「いったい、どうして。本当に安吉さん？」

「当たり前だろ。いやあ、文《ふみ》で知らせてもらってはいたけれど、なつめさん、本当に茶屋の女将《おかみ》さんになったんだなあ」

安吉は興味深そうになつめの店の中を眺め回している。

「安吉さんもお元気そうで何より。今日はお一人で？」

「ああ。なつめさんも達者そうだね。安心したよ」

「ところで、お茶を飲む暇はある？　よければ、お菓子も出せるけど」

いつもの品ぞろえに、草団子と草餅も出せると話すと、

「それじゃあ、みたらし団子と草団子と望月のうさぎ、それに麦湯を頼むよ」

と、安吉からの注文が入る。荷物があるので、外の縁台でゆっくりさせてもらうと言い置き、安吉は屋外へ出ていった。

春も半ばを過ぎ、初夏へと向かうこの季節は、外の風も気持ちいい。屋内の席が空いていても、外の縁台で茶を飲む客が出てくる季節だ。

なつめは厨で菓子と麦湯の用意をすると、

「昔からの知り合いだから、私が運ぶわね。少し店を任せてもいいかしら」

と、小春に声をかけた。安吉の他には、屋内と屋外に客が一人ずつ座っていたが、いずれも注文の品は運び終わっているから大丈夫だろう。小春は「もちろんです」とにこにこしながら言い、なつめは盆を手に安吉のもとへ向かった。

この突然の来訪には、いろいろと聞きたいこともある。なつめは安吉の隣に腰を下ろすと、

「ところで安吉さんは、京から来たわけじゃないの？」

まず何よりも気になっていることを尋ねた。

「えっ？　京から来たんだけど。この団子の串、どうしてこんなに短いんだ？」

安吉はなつめの問いに答えた後、今度は自分の疑問をぶつけてくる。

「それは、安全にゆっくり召し上がっていただこうと……」

いつも通りの答えを返すと、安吉は「なるほどね」と感心しながら、串に刺さったみたらし団子をぱくっと一つ口に入れる。

「ねえ、ここは甲州道よ。京から江戸へ来るなら、東海道を使うのがふつうでしょう?」

安吉が口をもぐもぐさせている間に、なつめは話を元へ戻した。

「ああ、そのことか」

安吉は二つ目の団子を突き刺しながら言った。

「そりゃあ、なつめさんが甲州道の内藤宿で茶屋を始めたと聞いたからさ。ぜひとも寄りたいと思って、この道を来たんだ」

安吉は何でもないことのように言い、二つ、三つと団子を口に運びながら「このたれ、美味《うま》いね。下鴨《しもかも》神社の門前茶屋の味とは違うけど、なかなかいけるよ」などとにこにこしている。その言葉を聞けばなつめも嬉しく、「ありがとう」と笑みがこぼれた。

とはいえ、安吉が京から甲州道を歩いてきた話はどうも要領を得ない。

「甲州道は江戸と甲府《こうふ》をつなぐ道よ。甲府まではどうやって?」

「ええと、中山道《なかせんどう》が整えられたからね、それで下諏訪《しもすわ》まで出たんだ。そこから甲府を目指し、後は甲州道を通ってきたんだよ」

団子を食べ終えた安吉は、すぐさま望月のうさぎにかぶりついた。

「私の店に顔を出すためだけに、そんな回り道を?」

平坦な東海道を来るのと違い、信濃《しなの》や甲斐《かい》の山を通ってくるのは大変だったはずだ。

(安吉さんが私のために、そんな大変な思いをしてくれたなんて……)

驚きとありがたさが胸に込み上げてきたその時、

「まさか、そんなこと、あるわけないだろ」

安吉はしれっと言葉を返した。

(えっ、私の店に寄りたいから、この道を来たって言わなかった?)

さっきの発言とまるきり正反対ではないか。

なつめはこほんと咳払《せきばら》いして、気持ちを落ち着かせる。すっかり忘れていたが、安吉はこういう人だった。お調子者で、こちらをいらっとさせるようなことをうっかり口にする
——だが、どういうわけか憎めないのもまた事実。

気持ちを立て直したなつめは、訊《き》き方を変えることにした。

「それじゃあ、安吉さんはどうして中山道から甲州道を通る道を使ったんです?」

「ええと、江戸へ行くことが決まった時、『どうせなら、なつめさんの茶屋に行きたい』と俺が言ったらさ。長門《ながと》さまがぜひともそうするように、とおっしゃったんだ。ああ、長門さまのことで積もる話もあるけれど、まあ、それは別の機会に。それで、なつめさんの店は甲州道にあるって話になった時、甲州八珍果《はっちんか》のことが果林堂《かりんどう》で話題に上ってね」

果林堂とは今、安吉が世話になっている京の菓子司《かしつかさ》である。その主人の九平治《くへいじ》が久兵衛の旧知であった縁により、数年前、安吉は九平治のもとへ身を寄せたのであった。

九平治は菓子職人としての腕も優秀だったが、店を経営する能力も高かったようだ。瞬《また》く間に店を大きくすると、古くから宮中の菓子作りに従事してきた主果餅《くだもののつかさ》の家、柚木《ゆき》家との養子縁組に踏み切った。

これはいわば、養子縁組に名を借りた、旧家乗っ取りである。傍《はた》からは金に物を言わせての蛮行とも見えなくないが、京では菓子の世界に限らず、よくある話であった。

これにより柚木家の当主は隠居して、九平治が柚木家を継ぎ、元当主の息子は九平治の義弟となった。かくして、柚木家の跡取りだった少年は立場が不安定になる。

それが、安吉の口から出てきた長門であった。

安吉は九平治の命令により、長門の世話係のようなことをしていたのだが、そうこうするうち、長門の才に心酔していく。当初、いずれは江戸へ帰ることを念頭に置いていた安吉だが、この先もずっと長門の下で働いていきたいと自らの道を決めたのが四年前。長門が安吉を含む数人の職人たちと江戸へ遊学した際のことであった。

この時、京へ戻る長門たちの一行に加えてもらう形で、なつめも京へ出向き、果林堂へも顔を出している。

「まあ、甲州八珍果のことが果林堂さんで……」

なつめは、甲州道の宿場開設のために尽力している高松喜兵衛から、ついこの間、甲州八珍果の話を聞いたことを思い出した。時を同じくして、京の果林堂でも甲州八珍果の話題が出ていたことに、不思議な縁を感じる。

　もちろん、果林堂でも果物を菓子作りに使うだろうが、京の果物は畿内で賄《まかな》われているだろう。甲州の果物が出回る先はやはり江戸である。それでもあえて果林堂が仕入れたいと思うほどに、甲州八珍果は格別なのだろうか。

「とにかく、甲州の農家を直《じか》に検分しようということになってさ」

「まだ春なのに？」

「秋じゃ、出荷先も決まっちゃってて相手にしてもらえないさ。農家も忙しい時だろうしね。今なら話も聞けるし、育ち具合も見られるんで、果林堂から人が送られることになったんだ。俺もその中に混ぜてもらってね。それで、店の者たちと甲府周辺の農家を回った後、俺一人が甲州道から江戸へ来たというわけさ」

　安吉が甲州道に現れた理由はそれで分かったが、そもそも安吉はどうして江戸へ来ることになったのだろう。それに、果林堂がなぜ甲州の果物を調べているのかも気にかかる。

「ところで、安吉さん。江戸へはどんな御用で？」

　一つひとつ順番に訊いていこうと、なつめは気持ちを新たに尋ねた。すると、

「実はさ」

　よくぞ聞いてくれたと言わんばかりの面持ちで、安吉は得意そうに胸を張ってみせる。

「果林堂がいよいよ江戸店《えどだな》を出すことが決まったんだ。店開きは来年か再来年になるだろうけど、今回はそのための根回しということで、果林堂ゆかりの方々への書状を届けにね」

「まあ、そうだったの」

甲州八珍果が話題になったのも、江戸店を念頭に置いてのことだったのだ。

「それでさあ、なつめさん、聞いてくれよ。江戸店の主人になるのは長門さまなんだ」

「まあ、長門さまが江戸でお店を——？」

安吉が得意そうだったのは、どうやらそのためのようだ。

長門は柚木家の出身で、九平治が当主となった後もその義弟として待遇されていたから、決して不思議な話ではないのだが、まだ若い。

「長門さまはおいくつになられたのかしら」

「今年で十七。店の主人となるのにもう十分な風格がおありだよ」

と、安吉は言った。なつめも四年前の長門を知っているが、その時からすでにしっかりしており、何より人の上に立つことに慣れていた。

「確かに、長門さまなら立派に店を切り盛りしていかれるでしょうね」

「それでさ、その時は俺も、江戸へご一緒させてもらうことになってるんだ」

安吉は嬉しそうに報告した。

江戸生まれの安吉が選ばれるのは理に適《かな》っているが、安吉としては故郷へ戻ることそのものより、長門の下で働くことの方が嬉しそうである。

「それじゃあ、来年か再来年には、安吉さんも江戸で暮らすことになるのね」

安吉のために よかったと思いつつ、果林堂が江戸へ進出することで何かが大きく変わっていくような予感に、なつめ自身、胸が高鳴るのを止められなかった。

二

安吉との話に盛り上がっているうちに、店にいた他の客は帰っていき、客は安吉だけとなっていた。

互いに積もる話を語り尽くしたとは言えないが、安吉はこれから日本橋に向かうと言う。果林堂が店を出す場所は日本橋を想定しているとのことで、その下見の他、日本橋に江戸店を出している京菓子舗にも立ち寄るらしい。

「そういえば、安吉さんが江戸にいる間の宿は決まっているの?」

「いや、日本橋で用事を済ませてから、適当な旅籠《はたご》を探すつもりだけど」

「もし安吉さんの都合がつくのなら、泰雲寺へいらして了然尼さまにもお会いになってください。喜ばれると思うし、前の時みたいに、庫裏《くり》への滞在もお許しいただけると思うわ」

かつて長門が江戸に遊学した際には、お供の安吉たちも含め、泰雲寺の庫裏に滞在してもらったのだ。

「ああ、もちろんご挨拶に伺うよ。果林堂の旦那さんと長門さまから、了然尼さまへの書状も預かってきたしな」

と、安吉はうなずいた。江戸での滞在は二十日ほどで、帰路に就くのは四月になってからだという。

「じゃあ、また近いうちに」

安吉は言い、代金を置いて立ち上がった。傍らに置いた振り分け荷物を肩にかけ、いよいよ歩き出そうとなった時、

「んん？」

と、その口から妙な呟《つぶや》きが漏れた。

安吉は首をひねっている。

「どうかしたの？」

「荷物がどうも妙な具合なんだ」

言いながら安吉は振り分け荷物を下ろすと、紐《ひも》をほどいて片方の蓋を開けた。

「違う。俺のじゃない」

安吉は大きな声を上げた。

「え、どういうこと？」

なつめがのぞき込むと、冊子が数冊、少し丸めて入れられている。だが、安吉が持ってきた帳面は備忘録のための一冊だけだそうだ。

「じゃあ、これは別の人の荷物ってことになるの？」

「うーん」

頭を抱えていた安吉は「そういえば」と顔を上げた。

「そこに座っていたお客さんも、俺と同じような振り分け荷物、持っていたような……」

今は誰も座っていない隣の縁台にちらと目をやり、安吉は言う。

「え、ええ。確かに安吉さんと同じような格好をした旅のお方だったわ」

その時には、安吉の大声を聞きつけ、小春も近くまで様子を見に来ていた。

小春にも確かめると、間違いないとしっかりうなずく。その客が帰る時、代金を受け取り、後片付けをしたのは小春であった。なつめも「ありがとうございました」と声はかけたし、その客が日本橋方面へ歩いていく姿は目に留めている。

「そこの縁台に座っていたから、帰る時、間違えて俺の荷物を持っていっちまったんじゃないか」

なんてうっかりやの野郎なんだ――と、安吉はぶつぶつ文句を言っていたが、どうも嫌な感じがする。

安吉が荷物を置いていたのは右側で、なつめは安吉の左側に座っていた。件《くだん》の客は確かに、安吉の荷物側に座っていたが、安吉の方を向いてしゃべっていたなつめには、その間もずっと客の姿が見えていたのだ。じっと注意して見ていたわけではないが、常に目路《めじ》に入っていた。

「もしあのお客さんが間違えて安吉さんの荷物に手をかけたなら、私が気づいたと思うのだけれど」

件の男客が最も手近にあった荷物を肩にかけ、店を去ったのをなつめは見届けている。不自然さはまったくなかった。

ならば、その時にはすでに、安吉と男客の荷物はすり替わっていたのではないか。考えられるのは、なつめが安吉の注文を運んでくる前のこと。その時ならば小春も店の中におり、外の縁台には安吉と男客しか座っていなかった。安吉が余所見《よそみ》している隙《すき》を狙って、男客がこっそり二人の荷物をすり替えていたとしたら――。

なつめがそのことを話しても、

「いやいや、何でわざわざ俺の荷物と取り換える必要があるんだよ」

と、安吉は首を横に振った。

「金目のものや貴重な品などは入っていなかったの？」

それが目当てのすり替えではないかと、なつめは案じたのだが、

「貴重な品はちゃんと身に着けているからな」

安吉は落ち着きを取り戻した声で答えた。金や通行手形はもちろんのこと、果林堂から預かってきた書状の類《たぐい》も懐に入れているそうだ。

仮に盗まれたとしても大ごとになるようなものは、振り分け荷物には入れていなかったとのこと。

意外な――と言っては失礼かもしれないが、かつての安吉がよく忘れ物をしていたことを思い出し、

「あら、安吉さんも注意深くなったのね」

と、なつめは思わず言っていた。

「当たり前だろ。旅の道理じゃないか」

自分がかつてかなりのうっかり者だったことは、すっかり忘れているかのようなその物言い。調子がいいのは相変わらずだと、なつめは思った。

ちなみに、振り分け荷物の中に入っていたのは備忘録の帳面の他、鏡や櫛《くし》、油に草履《ぞうり》の類らしい。金目のものではないが旅の必需品であり、帰路を考えれば、買い足さなければならなくなる。

「さっきの客、どっちへ行ったか、なつめさんは見ていたかい」

安吉は気を取り直した様子で訊いてきた。

「ええ。日本橋の方へ行くのを見たわ」

「あたしも見ました。間違いありません」

と、小春も言い添える。

「それじゃ、俺の行き先と一緒だから、すぐに追いかけるよ。道は一本なんだし、走っていけば追いつけるだろ」

安吉は男の振り分け荷物を肩に背負《しょ》って言った。

「安吉さん」

走り出す安吉に、なつめは声を張り上げる。

「困ったことになったら、上落合の泰雲寺を訪ねてきて」

「分かった。そうさせてもらうよ」

安吉は叫び返し、早足で歩き出した。


なつめの店を出た時の安吉は、何とか追いつけるだろうと安易に考えていたのだが、行けども行けどもそれらしい旅姿の者が目に入ることはなかった。

その上、町中《まちなか》に入ると、人の数も多くなってくる。

(待てよ)

安吉がはたとあることに気づいたのは、千代田《ちよだ》の城の周辺に差しかかった頃であった。

(あの男が日本橋に行くとは限らないんだよな)

江戸を目指して甲州道を旅する場合、内藤宿は誰でも通るが、江戸へ入ってしまえばその後の行き先はばらばらだ。日本橋まで行くかもしれないが、途中で道をそれることだって十分あり得る。

(それに、俺は横に座ってた男の顔をちゃんと見てないんだよな)

自分と同じ旅装束は目に留めていたが、顔立ちや背丈、年齢などの特徴をはっきり覚えていない。

(なつめさんたちに、もっとちゃんと聞いておくんだった)

と、途中で気づいたが、ここまで来て引き返すのも癪《しゃく》である。

とりあえずは、相手もそうであることを願いつつ、日本橋まで行ってしまおう。うまいこと会えなければ、相手の荷物を番屋に届け出るしかない。相手の男も間違えたことに気づけば、番屋に行くだろうから、時はかかっても荷物を取り戻せるはずだ。

（まあ、二十日の余裕があってよかった。とりあえず金や書状は無事だから、こっちですべき務めは果たせるし……）

安吉はなるたけ急ぎ足で進んだが、結局、日本橋の賑《にぎ》わいが目に入るまで、件の男をつかまえることはできなかった。

（仕方ないな。番屋を探すか）

日本橋の南詰、通《とおり》一丁目の入り口に自身番屋がある。安吉はそこへ入っていった。

「すみませんが、途中の茶屋で荷物を間違えられちまったんです。今、俺の持ってるのが相手の荷物なんですけど……」

「それじゃ、相手が届けてくるのを待つしかねえな。お兄さんが持ってきた荷物はうちで預かるけど」

番屋に詰めていた五十ほどの小男が言った。

「はい。それでかまいません。届け出があったら知らせてもらえますか」

「町内なら知らせてやれるけど、兄さん、旅人さんかね」

番屋の男はじろじろ見ながら言う。

「はい。この町内に住んでるわけじゃないんで」

「荷物が入れ替わった時の店に、言伝《ことづて》するくらいならできるけどね。ま、兄さんが時折、ここへ顔を出してくれるのがいちばん確かだろうよ」

「……そうですか」

照月堂や泰雲寺を訪ねる予定もあり、旅籠はそちらの方でと思っていたが、荷物を早めに取り戻すためには、この近くで宿を取った方がいいのか。

日本橋での用事はあるが、ここに留まらなければならないわけではない。しかるべき相手に果林堂の書状を届けた後は、日本橋を離れるつもりであった。返事を預けてくる相手はいるだろうが、それは帰りの挨拶に出向く折に受け取ればよいのである。

安吉が思いめぐらしているうち、番屋の男は覚え書きを作る用意を調《ととの》えていた。

「それじゃ、どこの店で荷物を間違えられたのか、教えておくんなさい」

「ええと、内藤宿のうさぎ屋という茶屋で、女将の名前はなつめさんです。あの辺りに茶屋はないので、すぐに分かるかと……」

「ちょいと、ちょいと」

安吉の言葉は、番屋の男に遮《さえぎ》られてしまった。

男は手にした筆をまったく動かしていない。

「内藤宿ってどういうことかね。うちの町内での話じゃないのかい?」

「はい。荷物を取り違えた人が日本橋方面に向かったと聞いたから、急いで追っかけてきたんです。結局、会えなかったんですけど」

「それじゃあ、うちの番屋じゃ受け付けられないよ」

男は気の毒そうな眼差《まなざ》しを安吉に向けながらも、突き放すように言った。

「落とし物は、それが落ちていた町の番屋に届けてくれなくちゃ」

「え、それじゃ、内藤宿まで戻らなくちゃいけないんですか」

「そりゃそうでしょ。荷物を間違えた相手の人だって、そこの番屋に届けるだろうし。どうして日本橋の番屋に届けると思ったんだね」

あきれた口ぶりで言われると、返す言葉がない。

「……お世話をおかけしました」

安吉は荷物を持ったまま、番屋を出た。

結局、同じ道を引き返さねばならなくなった。いずれにしても、なつめには事の次第を知らせなければならないし、手がかりもないまま突っ走ってしまったのだから仕方がない。

もともと日本橋に来る用事はあったのだ。引き返すのは、しかるべき訪問先を訪ね、書状を届けるなどの務めを果たしてからにしよう。気を取り直した安吉は、どこの誰とも知らぬ相手の振り分け荷物を肩にかけ直すと、訪問先の菓子舗に向かって歩き出した。

三

その男たちがなつめの店に入ってきたのは、安吉が去ってから一刻（約二時間）ほど経《た》った頃であった。高井戸方面から現れた三人の男たちは、長い距離を歩いてきたらしく、着物も足もとも汚れていたが、といってきちんと旅支度を整えた格好とも見えない。脚絆《きやはん》を着け、長脇差《ながわきざし》を持ってはいたが、振り分け荷物どころか風呂敷包み一つ持っていなかった。

男たちは店の暖簾をくぐるなり、中をぐるりと見回し、なつめに目を留めた。小春は昼《ひる》餉《げ》を食べるため奥で休憩中で、なつめが客席の方に出ている時であった。

中には二人連れの客がいたのだが、新たに入ってきたならず者ふうの男たちに怖気《おじけ》づいたのか、残っていた菓子を口へ放り込むなり、代金を置いてそそくさと出ていってしまう。

「よう、姉さん」

最初に入ってきた三十路《みそじ》くらいの大男がなつめに声をかけてきた。

「何でしょうか、お客さん」

「少し前に、ここへ荷物を持った男が寄らなかったか。旅の格好をした二十五、六の男だ」

「旅の道中に立ち寄られるお客さんはそれなりにいらっしゃいます。今日も朝からでしたら、五、六人はおいでだったかと――」

「あっちから――」

と、男は高井戸方面を指さした後、

「こっちへ行った男だ」

と、日本橋方面に指先を変えて言う。

「背はこいつくらいだな」

男は連れの一人を指さした。こいつくらいと言われた男は、しゃべっている男より背が低く、中背といったところだ。

「当てはまる男は何人いる」

なつめの知る限り、条件に当てはまるのは安吉と、安吉の荷物を持って消えた男だけだ。小春に訊けば該当者がもう少し増えるのかもしれないが、このならず者たちの前に呼び出すつもりは毛頭ない。

さて、この男たちにはどう答えたものだろう。

果林堂の使者である安吉が、この手の男たちに追われているとは考えにくい。安吉の荷物を持っていった男がそうなのかもしれないが、だとすれば、荷物がすり替わったことが気にかかる。真っ当には見えないこの男たちにそのことを正直に語れば、安吉が厄介事に巻き込まれやしないか。ならば、安吉のことは伏せておこうとなつめは決心した。

(何か隠していると疑われないように。しっかり相手の目を見て答えなければ――)

自分に言い聞かせながら、なつめは口を開いた。

「おっしゃるようなお客さんなら、一人だけおられました」

「ほう」

大男はなつめに探るような目を向け、他の二人は色めき立つ。なつめは大男から目をそらしたくなるのを懸命にこらえた。

「そいつはいつ頃、ここへ来た」

「昼九つの頃だったと思いますが……」

「何か話したか」

「いえ。お茶を飲み終えると、すぐに発《た》たれました。日本橋の方へ歩き出されましたが、どこへ行かれたかは存じません」

なつめは男から目をそらすことなく言い切った。

「姉さん、誰かを庇《かば》ったりしてねえだろうな」

「今、お話ししたお客さんは初めて来られた方です。庇う理由が私にはありませんが」

大男はなつめを見据えていたが、やがて、にっと笑うと「あんがとよ」と言い、踵《きびす》を返した。残る二人も大男に続いて店を出ていき、なつめは一人、店の中に立ち尽くした。

「お、女将さん……」

小春が様子をうかがうようにしながら近くへ寄ってきた。

「ああ、小春ちゃん」

その姿に緊張がほどけていく。

「ごめんなさい、あたし。何の役にも立てなくて」

「何を言っているのよ。小春ちゃんが店に出ていない時でよかったわ」

なつめは少し落ち着いたので、念のため、店の外へ出て男たちの行方を確かめた。小春も黙って一緒についてくる。

日本橋方面に向かう三人の後ろ姿が小さく見えた。舞い戻ってきそうな気配はない。なつめは大きく息を吐いた。

「ちょっと疲れちゃったから、いったん暖簾を下ろしましょうか」

小春に言うと、「あたしが下ろします」とすぐに動いてくれた。なつめは厨へ向かい、水を飲んでゆっくりと深呼吸をする。

あのならず者たちが追っているのは、先の男客なのだろうか、それとも、男客の持っていた荷物の方なのか。もし荷物だった場合、それを今持っている安吉は大丈夫だろうか。

(安吉さんが何かの都合で、こっちに引き返してきたら――)

あの男たちと、途中で鉢合わせしてしまう。

安吉に用心するよう伝えたいが、もはやその術《すべ》はない。何とか無事に、泰雲寺に来てくれることを願うしかないだろう。

(やはり、あの振り分け荷物に何かあるような気がする)

安吉はまともに聞いてくれなかったが、初めの男客がわざと安吉の荷物とすり替えた見込みが高まったと、なつめは思う。理由は見当もつかないが、その推測通りなら、例の男客はまたここへ戻ってくるのではないか。あの三人のならず者たちとて、追っていた男をつかまえられなければ、また――。

(今日はもう店を閉めよう)

なつめは少し考えて心を決めた。安吉が引き返してきたら申し訳ないが、その時は泰雲寺を目指してくれるだろう。何にせよ、安吉と話をするのは、ここより泰雲寺の方がいい。

「小春ちゃん、今日はもう店じまいにするわ。帰りがけ、お秋さんのとこに寄って、そのことを伝えてもらってもいい？　ここへ寄ろうとしてくれたら悪いから」

「分かりました」

小春は神妙な顔つきで答えた。

「それから、明日は来なくていいわ。いえ、私が小春ちゃんのお家《うち》を訪ねていくまで、ここには来なくていいから」

「分かりました。でも、女将さんはお店を開けるおつもりなんですか」

「……まだ分からないわ。でも、安心して店を開けられるようになったら、ちゃんと小春ちゃんに知らせるから」

なつめの言葉に小春は深々とうなずき、それから二人ですぐに後片付けに取りかかった。余った団子や菓子を包んで、小春にもいくらか持たせ、なつめは泰雲寺への帰路に就く。途中、あとを尾《つ》けられていないことを何度も確かめながら、なつめは日暮れ前に泰雲寺へ到着した。

「あらまあ。こんなに早いお帰りだなんて、何かあったんでございますか」

お稲から目を丸くされたが、安吉が突然、京からやって来たことを告げ、もしかしたら今日にもここへ来るかもしれないとも伝えておく。

「まあまあ、あの安吉さんがいらしたんですか」

お稲は懐かしそうな声を上げ、「それならお迎えする支度をしておかないと」とてきぱき仕事にかかってくれた。

なつめはすぐに了然尼の部屋へ帰宅の挨拶に行き、安吉が来たこと、荷物を間違えられたこと、その後、ならず者たちが店へ現れたことなどを報告した。荷物については、故意によるすり替えではないかという自分の考えも付け加えておく。

了然尼は「そないなことが……」と驚きつつも、「すぐに店を閉めて帰ってきたのは上出来どしたな」と労《ねぎら》ってくれた。

「あとは、安吉はんがここへ来るのを待つことにしまひょ」

了然尼の言葉に、なつめはうなずくしかできなかった。

その後はほとんど何も手につかなかったのだが、夕方になると、安吉は無事な姿で泰雲寺へ現れた。

「安吉さんがお見えになりましたよ」

というお稲の言葉に、なつめはほっとする思いで、庫裏の玄関へ足早に出向いた。

「あ、なつめさん。お言葉に甘えて寄らせていただいたよ」

盥《たらい》の水で足を洗っている安吉の表情はやや疲れ気味だが、声の調子は昼間と同じだった。

「よかったわ。危ない目には遭わなかったのね」

なつめの言葉に、安吉はきょとんとする。

「危ない目？　散々な目にならぬ遭ったけど……」

　日本橋まで件の男に会えなかったこと、日本橋の番屋に荷物を届けようとしてすげなく断られたことを、足を洗いながら安吉は語った。

「それじゃあ、その振り分け荷物は取り換えられたままのものなのね」

　なつめの問いかけに、安吉はそうだとうなずく。

「なつめさんの店まで戻って、近くの番屋へ預けようかと思ったんだけど、着く頃にはもう店も閉まってるだろうなと思って、まっすぐ泰雲寺へ来させてもらったんだ」

　安吉の言葉に「本当によかったわ」となつめは安堵の息を吐いた。

「それに、番屋にはなつめさんが届けた方がいいかもしれないと思ってさ。俺が江戸にいられるのは二十日くらいだし、それまでに持ち主が見つからないこともあるだろ」

　その話が終わる頃には、安吉の足もきれいになった。裸足で庫裏に上がった安吉に、

「まずは了然尼さまにご挨拶してくれますか」

と、なつめは言い、了然尼の部屋へと案内した。

　了然尼の前に出た安吉は、それまでになくかしこまった態度である。

「これは、安吉はん。お久しぶりどすな」

　了然尼は穏やかな表情で安吉を迎えた。

「お久しぶりでございます、了然尼さま。四年前のその節は、果林堂一同、大変お世話になりました。主《あるじ》の柚木九平治と長門より、了然尼さまへの書状をお預かりしております」

安吉は深々と頭を下げて、丁寧に挨拶した。四年前は、そうした礼儀作法において、長門や他の手代《てだい》たちの後塵《こうじん》を拝するふうであったが、今は一人でも立派に振る舞えている。

（何だか、昼間に会った時とは少し違って見えるわね）

なつめは安吉の様子を見守りながら、内心で独り言《ひとりご》ちた。

それから安吉は了然尼に書状を差し出し、了然尼がそれに目を通してから、帰京の際には返書をしたためたい旨《むね》を伝えるやりとりがあった。その後、

「今日はもう日も暮れますさかい、ここに泊まっていかれますやろ」

了然尼が安吉に宿泊を勧め、安吉がそうさせてもらえればありがたいと恐縮しながら返事をした。

こうして一通りの挨拶が終わったところで、

「ところで、安吉はん」

と、了然尼が声の調子を改めて切り出す。

「今日のこと、なつめはんから聞いたのやけど、安吉はんが思っている以上に厄介なことに巻き込まれてしまうたかもしれまへんな」

「厄介なこと……」

安吉は傍らに置いた振り分け荷物に目をやってから、なつめを見る。

「実は、安吉さんが店を出ていってから、店に妙な人たちがやって来たのよ」

なつめは安吉にもならず者たちのことを話した。ついでに、件の男客がただの勘違いか

ら安吉の荷物を持っていったのではなく、何らかの事情があって、わざとそうしたのではないかという考えも、昼間よりずっと真剣な口ぶりで告げる。

今度は安吉も、そんなはずはないと言ったりしなかった。

「それで、念のため、その荷物の中身を確かめてみた方がいいのではないかしら」

なつめが言うと、安吉も「そうだな」と真面目《まじめ》な表情でうなずいた。

「了然尼さまもご一緒に見届けていただけますでしょうか」

「分かりました」

了然尼もうなずく。

そこで、安吉が振り分け荷物の紐をほどき、二つの荷の蓋を開けた。どちらの荷にも冊子が少し丸めた形で何冊か入れられていた。

安吉から渡された冊子を、なつめは丁寧にめくっていく。書物問屋や絵草紙屋で売られている本だろうが、歌集もあれば往来物《おうらいもの》もあり、御伽草子《おとぎぞうし》や浮世《うきよ》草子もある。

「何だか、中身がばらばらなんだけれど……」

どういう意図で集められたものなのか、分かりにくい。なつめは検《あらた》めた本を一冊ずつ、了然尼に渡し、安吉から新しい本を受け取っては確かめるという作業をしていたが、そのうち、安吉が「あれ」と声を上げた。

「これ、変じゃないか」

と、言いながら安吉が持ち上げたのは、歌集であった。安吉が二本の指で摘《つ》まんでいる一葉を見ると、少し分厚い。安吉から渡されて、自らの手で触ってみると、その部分は二枚の紙の端が糊付《のりづ》けされていた。

しかも、その間には何かが挟まっているらしく、動かすと中でかさかさと乾いた音を立てるのである。

「あえて何かを隠しているように見えますが……」

なつめが了然尼に託すと、了然尼もそれを確かめ、

「剝《は》がしてみるとしまひょ」

と、迷うことなく言った。

「文机《ふづくえ》の上に小刀がありますよって」

了然尼の言葉を受け、なつめは小刀の刃を紙と紙の隙間に入れ、慎重に剝がしていった。すべてを剝がす必要はなく、一辺の半分くらいを剝がしたところで、隠されていた分厚い紙は外に出てきた。

そこには、「金壱千両」「尾張屋勝右衛門《おわりやかつえもん》」と骨太な字で記されていた。

四

「これは、借金の証文《しょうもん》でしょうか」

なつめは首をかしげながら、それを了然尼に手渡した。といっても、証文の現物を見た

ことはないので、その言葉に自信は持てない。

「証文なら、貸し借りのあったことをしっかりと記すのやおへんか」

了然尼の言葉に、なるほどと思うなつめであったが、その了然尼も謎の紙を手に取りつつ、それが何だと口にすることはない。

おそらく、これがならず者たちの追っていたものだろうと、想像はつく。金額が記されている以上、金の代わりとなるような重要文書なのだろうが、どういう仕組みで金に換えられるのかは思いが及ばなかった。

「少し見せていただけますか」

その時、安吉が声を上げた。それは了然尼の手からなつめに戻され、安吉へと渡される。

安吉はしばらく、それをじっと見つめていたが、ややあってから、

「これは……預かり手形ではないかと思います」

と、いつになく慎重な口ぶりで告げた。

「預かり手形……?」

「私も、くわしいことは存じませんが……」

安吉はそれを京の果林堂で見たことがあると言う。

「借金の証文というのはあながち間違っているわけでもなくて、これを両替商に持っていくと、書かれた金子《きんす》を受け取れる仕組みだったと思います」

「でも、ここに書かれている尾張屋勝右衛門さんという人でなければ、お金を受け取るこ

とはできないのではありませんか」

例のならず者たちがこれを奪おうとしていたとして、誰かが尾張屋に成りすますつもりだったのだろうか。なつめはそう考えたのだが、安吉は「いや」と首を横に振った。

「この預かり手形の便利なところは、誰にでも金を出してくれるということなんです。この手形が本物だと認められさえすれば、尾張屋という店が両替商に預けてある金を引き出せるのです。大坂でも京でも江戸でも――」

「ほな、この紙はここに書かれた一千両そのものと考えてよろしい、ということどすな」

了然尼の問いかけに、「あ、そうですね」と一瞬だけ考えた末に、安吉は答えた。

「これを持っているのが、明らかに人から奪ったと見えるようなならず者でも、両替商ではお金を差し出してしまうのですか」

なつめが吃驚《びっくり》して問うと、「そうだと思う」と安吉は答えた。

「仮に手形を盗んだと疑われる悪党でも、両替商は手形が本物なら金を渡さなきゃいけない。そういう取り決めだから」

盗みや脅しによって手形を奪われた場合は、下手人が両替商へ行く前に捕らえるか、両替商で待ち伏せて捕らえるか、どちらかをしない限り、悪党に大金が渡ってしまうことになるらしい。

「でも、預かり手形は今ここにあるのだから……」

少なくとも大金が悪党に渡ることはない――と言おうとして、なつめは続けることができなかった。今が決して安心できる状態ではないことに気づいたのだ。

おそらく、安吉と荷物をすり替えた男はならず者たちに追われており、つかまるのは避けられないと観念したのだろう。だが、手形を奪われるわけにはいかない。仮に自分がつかまって身ぐるみ剝がされたとしても、手形が出てこなければ、ならず者たちから解放されるという見込みに賭《か》けたのではないか。

だからこそ、安吉と自分の荷物を取り換えたのだ。ならず者たちは安吉がそれを持っているとは思わないから、仮にどこかで行き合わせても、安吉と荷物が目をつけられることはない。

だとしたら、男は追手《おって》のならず者たちから解放された後、安吉の居場所を突き止め、荷物を間違えたことを申し出てくるつもりだろう。その前に、安吉が荷物を番屋に預けたとしても、自ら番屋に安吉の荷物を届ければ、元の荷を取り戻すことができる。

なつめが手形を持っていた男の言動について、考えを語ると、

「なつめさんの言う見込みが高そうだな」

と、安吉は言った。

「俺のことは、なつめさんの知り合いと分かっただろうから、なつめさんの素性を突き止めれば、ここで暮らしていることも知られてしまうんじゃあ――」

確かに、安吉の素性は探れないだろうが、なつめの素性なら内藤宿で人に尋ねればいい。

問題は最初の男よりもならず者たちの方で、彼らは荷物が別の誰かの手に渡ったと知れば、

その相手を探そうとするはずだ。最初の男を拷問《ごうもん》でもして、なつめと安吉のことを吐かせたならば、やはりなつめの店とここ泰雲寺を狙うだろう。最初の男が何も話さなかったとしても、彼がなつめの店に立ち寄ったことはならず者たちも知っている。

「この件が解決するまで、なつめはんは店には行かん方がええんと違いますか」

了然尼が口を挟んだ。

「はい。ですが、そうなると、手形を狙う者たちがここへ来る恐れがあります」

なつめが言うと、安吉は慌てた。

「なら、すぐにでもこれを内藤宿近くの番屋に届けちまった方が……」

今すぐにでも寺を飛び出していきかねない勢いだったが、

「もう日も暮れましたし、今夜は動かん方がええと思います。この辺りは江戸の町中と違《ちご》うて、夜は人が出てまへんし」

と、了然尼が止めた。

「そうよ。例の男たちと暗闇で行き合わせて、襲われでもしたらどうするの」

なつめも安吉を引き留める。

「けど……」

「明日になって、大勢の人の目がある頃、番屋へ届ければええ。場合によっては、この村の男衆に付き添いを頼むこともできます」

「そうしましょう。私も番屋へは一緒に行きますから」

なつめも言い添えた。

「けど、今晩は大丈夫なんでしょうか。俺、腕っぷしに自信があるわけじゃなくて。も、もちろん、了然尼さまとなつめさんのことは、命に替えてもお守りしますけど……」

心もとない表情を浮かべつつも、安吉は気概を示した。とはいえ、ならず者たちが複数で襲ってきたら、安吉の意気込みだけではどうにもならない。

「そうどすなあ」

了然尼はなつめや安吉よりもずっと落ち着いており、少し思案するような様子を見せていたが、それから不意に立ち上がった。

「どちらへ参られるのですか」

なつめは慌てて腰を浮かせる。

「すぐそこまでどす。村の外へは出まへんさかい」

「私がお供します」

と、なつめは言ったが、「正吉はんに付き添ってもらいますさかい、大事おへん」と返された。

そして、了然尼はなつめと安吉を残し、庫裏の部屋を出ていってしまった。

了然尼が部屋を去ってから、なつめはお稲に声をかけ、安吉を部屋へ案内してもらった。

了然尼がどこへ行ったのか、気にかけながら待っていると、ややあって庫裏の外から男たちの声が聞こえてきた。

例のならず者がさっそくこの場所を嗅ぎつけたのかと、なつめは跳び上がる。とにかく事情を確かめねば――と急いで廊下に出ると、男たちの陽気な笑い声と話し声が耳に飛び込んできた。その上、上品な女の笑い声まで混じっている。

（了然尼さま……？）

よく聞けば、男たちの太い声にも聞き覚えがあった。この上落合村に暮らす男たちのものである。

急いで庫裏の玄関へ向かうと、安吉とお稲もそれぞれの場所から現れた。廊下の途中で、村の男たちを引き連れた了然尼と行き合わせる。

「ああ、お稲はん。今宵は皆はんと宴《うたげ》をすることになりましたさかいな。客間の用意を頼みます」

突然の言葉に、お稲が慌てふためいた。

「そうはおっしゃいましても、了然尼さま。食べるもののご用意がすぐにはできません。今宵《こよい》は庚申《こうしん》でもございませんのに、どういうことでございますか」

庚申の日には、ここ上落合村でも人々が集まり、夜を徹して宴会をしながら語り合う。この日は眠ってしまうと、三尸《さんし》という虫が体内から脱《ぬ》け出して天へ上り、天帝にその人の罪状を告げると言われていた。罪状がひどければ寿命を縮められてしまうそうで、この日は眠らないために宴を催すのである。

泰雲寺はその場所を村人たちに供していたが、用意をするのはお稲一人ではないし、前もって皆が食べ物や酒を持ち寄り、村の女子衆《おなご》も手伝いに来る。それが今夜は急な宴会の用意を申し付けられ、お稲も吃驚していた。

「大事ない、大事ない。食いもんと酒は俺たちがこうして持ってきたからさ」

「おっ母《かあ》たちも追っつけ、いろいろ持ってくるってよ」

などと、男たちは徳利《とつくり》や大きな筍《たけのこ》を持ち上げ、見せてくれる。

「はあ、これはまあ……」

お稲は理解が追いつかない様子で茫然《ぼうぜん》としているが、了然尼の機転と実行力に驚いているのはなつめと安吉も同じだ。

(今晩の護《まも》りを固めるため、了然尼さまの声かけで皆さん、集まってくれたんだわ)

賑やかな宴会をしつつ、一部では油断なく警固を固めるつもりなのだろう。また、どんちゃん騒ぎをすることで、大勢の目が光っていることを悪党どもに知らせ、その気を挫《くじ》こうという狙いもあるのかもしれない。

「なつめはんと安吉はんも、今宵は宴に出てくれますな」

了然尼はてきぱきと言い、村の衆に安吉のことを、なつめの馴染みの菓子職人だと言って引き合わせた。「ああ、前にここにいたお兄さんだろ」と中には安吉を見覚えている男もいたようだ。

「ほな、なつめはんはお稲はんと一緒に、客間の用意を頼みます」

了然尼に言われ、なつめはあれよあれよと客間へ連れていかれた。了然尼が「安吉はんはわたくしと一緒に」と声をかけ、二人が客間とは別の方へ向かうのがちらと見えた。

とにかくお稲の指図に従いながら、客間の用意を調え、その後はなつめも台所へ行って、宴の支度を手伝った。そうするうち、村の男衆が食べ物を運んできたり、女子衆が手伝いに現れたり、その対応をするだけでてんやわんやである。

すっかり賑やかな宴の席と化した客間に、なつめが落ち着いた頃にはもう、安吉は男衆の輪の中に入れられ、酒まで飲まされていた。

「ちょっと、安吉さん」

酒など飲んでいる場合ではないだろう。いつならず者がやって来るか分からないのに、と思いながら注意しようとすると、

「まあまあ、なつめさん」

と、村の男の一人に止められてしまった。

「聞けば、兄さんは今日江戸へ着いたばかりだって言うじゃないですか。なら、つつがなく旅を終えた祝い酒だってんで、俺たちが飲ませたんですよ」

「でも、今は……」

「ご懸念の段は了然尼さまから聞いてます。本堂は若衆組《わかしゅぐみ》が交替で寝ずの番をしてますんで、ご心配なく」

男は少し声を潜め、合図を送るような目つきを向けてきた。

（本堂……？）


その意図だけが分からなかったが、理由は後で了然尼から教えてもらった。

「例のもんを収めてありますさかいな」

先ほど、なつめが宴の支度に追われていた時、了然尼と安吉は預かり手形を隠しに行っていたのだ。物々しく本堂を警固すれば、そこに隠していると知らせるようなものなので、若衆組の者たちは人目につかぬよう見張ってくれているらしい。そうしたことは村の男衆たちの知恵を借りたとのこと。

ただし、本堂のどこに隠したのかは、了然尼と安吉しか知らないそうだ。なつめも宴の場では知らせてもらえず、「明日の朝まで無事やったらお教えしまひょ」と了然尼は悪戯《いたずら》っぽく微笑《ほほえ》んでみせた。

そして――。

その晩は何事もなく、翌朝は無事に明けた。

了然尼は途中で部屋に引き取り、なつめも安吉と交替で少し休んだが、村の男衆は一晩中飲み明かしたようだ。もちろん、本堂の護りも万全だった。

朝方、なつめと安吉は了然尼と一緒に本堂へ向かった。

御本尊は釈迦如来《しゃかにょらい》、その脇侍《わきじ》として隠元禅師《いんげんぜんじ》と達磨大師《だるまだいし》を祀《まつ》っている。

「隠元禅師さまのお足もとに隠させていただきましたのや」

隠元の名に「隠す」という文字があるから、きっとお守りくださるだろうと考えてのことだという。大胆なことではあるが、ご利益《りやく》はあったようだ。

了然尼と共に仏たちに手を合わせてから、安吉が無事に手形を取り戻した。

その後、村の若い衆三人を供に付けてもらい、なつめと安吉は四谷大木戸《おおきど》へ出向いて、取り換えられた振り分け荷物を預けた。預かり手形も渡し、ならず者たちが店に来た時の様子についてもなつめが語る。

「よろしい。これはこちらで預かろう」

預かり手形と振り分け荷物、すべてを渡してしまうと、肩の荷が下りた気分である。

「俺の荷物が届いたら、預かっておいてください。時折、こちらへも顔を出しますんで」

安吉はそう告げ、江戸での滞在先としては泰雲寺と伝えた。大木戸の役人は何かあれば、泰雲寺へ知らせてくれると言う。

これで厄介事の大元は手を離れた形だが、この日、なつめは店を休むことにした。翌日からはできれば店を開けたいが、例の男たちがつかまるまでは安心できない。

「それなら、俺がなつめさんの店の見張り役をするよ」

と、安吉が申し出てくれた。

「腕っぷしには自信がないけどさ。人目のある昼間のうちなら、相手もそう無謀なことはしないだろうし」

「それじゃあ、お頼みするわ。仕事の合間には、果林堂のお菓子のお話もぜひ聞かせてください」

ということで、その日は皆で泰雲寺へ帰り、翌日からはなつめの店に安吉が付き添ってくれることになった。

五

安吉がなつめの店の見張り役を務め、果林堂の用事などで不在の時は休業とし、その間、小春の手伝いはなし――という形でうさぎ屋を営むようになって五日後の夕方。

なつめと安吉が泰雲寺へ帰ると、見知らぬ侍が庫裏にいた。

「お二人を待っておられたのや」

了然尼の部屋へ挨拶に出向いた二人に、了然尼が告げた。前に対面した四谷大木戸の役人ではない。四十路《よそじ》ほどの侍は貫禄《かんろく》があり、身に着けた品や佇《たたず》まいから、かなり身分のある人物であろうと察せられた。その威厳と目つきの鋭さは生半可《なまはんか》なものではなく、心にやましいものがなくとも、つい目をそらしてしまいたくなる。

傍らの安吉が生唾《なまつば》を呑《の》み込んだのが分かった。

「わたくしの親族の娘なつめと、京の菓子司から来られた安吉はんどす」

了然尼の言葉に合わせて、なつめと安吉はそれぞれ頭を下げた。

「こちらのお方は旗本の中山《なかやま》さまどす」

了然尼の言葉に、なつめは息を呑んだ。

旗本が直々《じきじき》に足を運ぶということは、この侍は町奉行なのだろうか。だとしても、町奉行自らが動くとはよほどのことである。あの預かり手形の一件はそれほどの大事件だったということか。

あれやこれやの疑問を浮かべていたところ、

「使番《つかいばん》の中山勘解由《かげゆ》である」

と、侍が名乗った。

「使番はお役人のお目付け役。また、大名火消しや定《じょう》火消しへの指図もなさるそうや」

使番と聞いたところで、何のことやら分からぬなつめと安吉のため、了然尼が気を利かせてくれたようだ。

「中山さまはかつて、火付《ひつけ》人追捕《にんついぶ》のお役を拝命したことがおありとのこと。お父上も勘解由さまとおっしゃるのやけど、お父上は盗賊の取り締まりをなさっておられたそうや」

勘解由に代わって、了然尼が説明してくれる。

中山家は代々、厳しい取り締まりの役目に就く家柄なのかもしれない。強面《こわもて》もその務めを果たすのにさぞ役に立ったのだろうと、なつめはひそかに思いめぐらした。

「今は後進に道を譲ったが、初代としては後進の先導もお役目の一つと思い、日々邁進《まいしん》しておる次第。いずれにしても、四谷大木戸の役人より寄せられた話が私の耳に入ったのでな。少し関わらせてもらった」

勘解由の物言いはとても落ち着いており、事件の解決に焦って、ここまで話を聞きに来

たというふうではない。といって、なつめたちの方から話をせがむこともできず、安吉と顔を見合わせていたら、

「例の件はもう解決したそうどす」

と、了然尼が教えてくれた。

「わたくしもまだくわしいお話はお聞きしてまへん。お二人の帰りを待って、お聞かせしていただくことにしてましたさかい」

「お待たせして、申し訳ございませんでした」

とりあえず事件が解決したことにほっとしつつ、なつめは了然尼と勘解由に頭を下げた。

「なに、気にすることはない。評判高い了然尼さまに一目お目にかかろうと、他の者を押しのけ、出張ってきた次第だからな」

勘解由はその時初めて、破顔してみせた。笑うと、それまでの厳《いか》めしい雰囲気が和らぎ、どことなく親しみやすい風情が滲《にじ》み出てくる。

この方もこんなふうに笑うのかと、なつめは何となくほっとしながら、勘解由の変貌ぶりを眺めていた。

「さて、それではこの度の事件の顚末《てんまつ》をお話し申そう」

再び生真面目な表情に戻ると、勘解由は言った。なつめと安吉は背筋を伸ばして、話を聞く姿勢を整える。

「まず、尾張屋勝右衛門の預かり手形だが、これは尾張屋の取り引き先である店より盗ま

れたものでな。安吉と申したな、おぬしと荷物を取り違えた──正確には取り違えたように見せかけてすり替えた男も、その後、追いかけてきた三人の男どももすべて、手形が盗まれた店の奉公人であった」

尾張屋は大坂の書物問屋で、取り引き先は伊勢の店だったそうだ。盗人たちは伊勢や大坂の両替商ではなく、うんと離れた江戸の両替商で金に換えることを目論《もくろ》んだ。追手のかかることを恐れたものか、東海道は使わず、いったん京へ出てから中山道を使い、甲州道に出るという、安吉と同じ道順にて江戸を目指した。

ところが、途中で仲間割れが起こる。一人が他の三人を出し抜き、預かり手形を持ち逃げしたのだ。

「それじゃあ、あの時、なつめさんの茶屋にいたのが、その持ち逃げした男だったのか」

安吉が思わずといった様子で口走る。

「さよう」

安吉の独り言に対し、勘解由は律義に返事をした。口を挟む格好になってしまった安吉は「あ、いや、これは……」と顔を蒼《あお》くして慌てている。

「そして、後から来た連中が出し抜かれた者たちというわけじゃ」

勘解由はかまわずに話を続けた。

仲間を出し抜き、千両を独り占めしようとした男は、なつめが予想した通り、裏切った仲間たちにつかまっても、預かり手形を持っていないと証《あかし》を立てるべく、安吉と荷物をすり替えたのだ。

「おぬしのことは、茶屋の女将と顔見知りと知ったので、後から行き先を探り出せると踏んだようだ」

あの時、なつめと安吉は久しぶりの再会に心が昂《たかぶ》り、話に夢中だった。それを、客の男に聞かれていたのだ。安吉はともかく、なつめは毎日あの茶屋にいる。荷物を間違えてしまったと素知らぬ顔で、再び顔を出し、安吉の居所を聞けばいい。

「ところが、おぬしは翌日、店を休んだな」

勘解由の眼差しがなつめの方に流れてきて、なつめは「はい」とうなずいた。

その日は安吉と一緒に四谷大木戸に荷物を預けた後、そのまま泰雲寺へ帰ったのだ。安吉が店に付き添ってくれるという目途《めど》が立ち、店を開けたのはその翌日からである。

以来今日に至るまで、安吉には店にいてもらったが、例の男たちが現れることはなかった。

「荷物をすり替えた男は何とか、追手を撒《ま》いたようだ。翌日、内藤宿へ舞い戻ったが店が開いていない。そこで、男は四谷大木戸へすり替えた荷物を持って顔を出した。安吉が自分の荷物を預けていることを期待してな」

確かに安吉は男の荷物を届けてはいたが、四谷大木戸ではすでに役人たちが男を捕らえるべく待ち構えていた。男はそこへまんまと姿を現したのだ。

「まったく、蜘蛛《くも》が獲物を捕らえるより楽な捕り物であった」

勘解由は上機嫌に声を上げて笑った。

だが、出し抜かれた男たち三人はまだ野放しである。一人目を捕縛《ほばく》したことで、人相などは知り得たが、江戸の町に紛れ込まれてしまえば見つけ出すのは難しい。彼らが預かり手形の換金をあきらめ、そのまま姿を消してしまったなら、捕らえるのはまず無理だったのだが、

「まあ、あの手の輩《やから》はえてして欲深く、あきらめが悪いものだからな」

勘解由は必ず尻尾《しっぽ》を出すと踏んでいたそうだ。彼らが裏切り者をつかまえるため、網を張るとしたら両替商の見込みが高い。

「そこで、日本橋の両替商を見張らせた。また、それに比べれば現れる見込みは低いが、念のため、おぬしの店もな」

なつめの店で荷物のすり替えが行われたことは、彼らの耳に入っていないはずだが、中に鼻の利く者がいるかもしれない。彼らが場合によってはもう一度なつめに接触を図ることも考え、勘解由は用心したとのこと。

ここ数日、うさぎ屋が役人たちに見張られていたと聞かされ、なつめと安吉は思わず顔を見合わせていた。二人ともまったく気づかなかったのは、言うまでもない。

こうして勘解由たちが備えた結果、例のならず者たちは思惑通り、昨日、まんまと両替商の周辺に姿を見せたそうだ。役人側はすでに彼らの風貌をつかんでいたから、こちらも難なく捕縛できたとのこと。

すり替えられた安吉の荷物も勘解由の配下が届けてくれ、すでに安吉の部屋に運び入れてあるのだとか。

「そ、それはどうもありがとうございます」

安吉は弾かれたように礼を述べた。

「いずれにしても、この度は災難であったが、おぬしらのお蔭で悪党を捕らえることができた」

勘解由は口もとを和らげ、なつめと安吉を交互に見つめる。

「預かり手形を見つけ出し、一大事と判断して届け出たのはまさにお手柄よ。今日はその礼を言いに参ったのじゃ。まことにかたじけない」

そう言うと、勘解由は折り目正しく頭を下げた。

「そんな、もったいない……。こちらこそ、ありがとうございました」

安吉は慌てて深く頭を下げた。なつめも続いて、両手を前につき、

「わざわざお知らせくださり、おそれ多いことでございます」

と、一礼する。

「預かり手形のことを見抜いてくれたんは、安吉はんどすえ」

了然尼が柔らかな声で言葉を添えた。

「おお、さようであったか」

と、勘解由が安吉に感じ入った目を向けた。

「わたくしはさようなことに疎《うと》いゆえ、ほんまに助かりました」

了然尼がにこにこしながら言う。

「ご出家された御身には、いたし方なきことかと――」

勘解由が恐縮した様子で言葉を返す。

「いずれにしても、了然尼さまへの対面が叶《かな》いましたこと、この勘解由、まことにもって嬉しき次第。かような件が機縁となるのも不本意ではありますが、これを機に何かと教えを賜《たま》われましたら、ありがたく存じます」

「ご立派なお役を果たすお方に、この尼が教えられることなど、何がありますやろ。とはいえ、ここには若い人もおります。このなつめは女一人で内藤宿の菓子茶店を営み、此度《こたび》のような一件に巻き込まれれば、わたくしも胸が痛みます。お忙しいお方をわずらわせるのは心苦しいのどすが、お心の隅にでも留め置いてくだされば幸いどす」

了然尼は心のこもった声で、切々と勘解由に訴えた。

（私が思っていたよりもずっと、了然尼さまは私のことを気にかけ、陰に日向《ひなた》に守ってくださっていたのだわ）

改めて了然尼の心が伝わってきて、なつめの胸に熱いものが込み上げてくる。

「かしこまりました。この江戸を守ることこそ、我らが武士の使命。ご安心ください」

勘解由は胸を張って言い、その後、なつめに目を移した。

「何かあれば、四谷大木戸に詰める役人に話をしてほしい。おぬしの名を出してもらえば、すぐ私に話が通じるよう手配しておくゆえ」

ふつうならば考えられない格別な待遇である。了然尼の名前と思いやりのお蔭であり、なつめはありがたく受け取らせてもらうことにした。

「お言葉、ありがたく承りました。何かございました時には、中山さまをお頼りさせていただきます」

「うむ。茶屋をめぐるいざこざには少々縁もある。遠慮せずに申し出てほしい」

勘解由は言い置き、帰っていった。

安吉と連れ立って、勘解由を玄関口まで送っていった後、

「今度のことでは、了然尼さまとなつめさんに迷惑をかけちゃって、本当にすまなかったよ」

と、安吉が言い出した。この件に関しては安吉のせいではないのに、他人を気遣ってくれる。昔の安吉はそんなふうに気を回すような気質ではなかったので、本当に変わったのだなと、なつめは思う。安吉と照月堂で一緒に過ごしたのはついこの間のことのようなのに、それだけ長い歳月が流れ去ったということだ。

「今回のことは安吉さんのせいじゃないし、うちの店に来てくれたことで巻き込まれちゃったのだから、むしろ私が謝らなくてはいけないところだわ」

安吉はそれでも、なつめがならず者たちと遭遇して怖い思いをしたことを申し訳なく思う、と言ってくれた。

「それにしても、村の人たちと寝ずの番というか宴を開いた一件だけどさ、了然尼さまのご発案だったんだろ。何てすごいことを思いつかれるんだろうって、俺、もう圧倒されっ放しだったよ」

「本当にね。あれほど大胆不敵なことを思いついて、すぐに人を動かしてしまわれるのは、了然尼さまのご聡明さとご人徳あってのことだと思うわ」

了然尼の見事な振る舞いに、二人は互いに感動の言葉を述べ合った。事件がすべて解決した今だからこそ、安らかな気持ちでようやくそうしたことを語り合える。

「いずれにしても、誰一人怪我もなく、安吉さんの荷物も返ってきたのだからよかったわ」

なつめはほっと安堵の息を吐きながら言った。安吉も大きくうなずいてみせる。

「まったくだよ。旅に出る前、首途《かどで》八幡宮《はちまんぐう》にお参りしてきたご利益かもしれないな」

京の首途八幡宮は旅の安全を守ってくれるとして尊崇を集める神社である。安吉は、帰京したら御礼参りに行かなけりゃな、などと呟いた後、戻ってきた荷物を確かめるべく自分の部屋へと引き揚げた。

（私の店も明日からは、いつも通りに戻すことができそうだわ）

明日の朝、さっそく小春の長屋へ出向き、そのことを知らせようとなつめは心に留めた。

六

預かり手形を盗んだ男たちがすべてつかまり、安吉の振り分け荷物が戻ってきた翌日の朝、

「安吉さん、これまでありがとう。今日からは私も安心して店を開けられるわ。安吉さんは自分のするべきことをして」

なつめは安吉に告げた。

果林堂から申し付けられた急ぎの挨拶などはこなしていたが、急ぎでないものは後回しにしていたからだ。照月堂への挨拶もその一つで、なつめは半日くらい店を閉めてもいいと言ったのだが、少し考えた末、安吉はやめておくと答えた。

安吉が今、泰雲寺にいると知れば、照月堂の人々からなつめの様子を訊かれるに決まっている。今回の一件を黙っていればいいだけだが、彼らに隠しごとをするのは心苦しく、といって正直に語れば皆を心配させるだけ。それなら憂いの種がなくなってから訪ねた方がいい、となったのであった。

「今日こそ、照月堂さんへ挨拶に行く？」

なつめが尋ねると、安吉は少し考えた末、

「それは明日にしようかと思うんだ」

と、答えた。続けて、

「よければ、今日、台所を使わせてもらえるかな」

と、少し躊躇《ためら》いがちに続けた。

「台所なら、お稲さんに断ってもらう必要があるけれど」

「もちろん、お稲さんの仕事の邪魔にならない形で、お願いするつもりだよ。鍋やら菜箸《さいばし》、へらなんかは借りたいんだけれど大丈夫かな」

「それはかまわないわ。菓子を作りたいんでしょ」

もしかしたら、完成したものを明日、照月堂へ持っていくつもりなのかしら、となつめは思った。

「ああ、そんな凝ったものじゃないんだけど」

安吉は少しきまり悪そうな表情になって言う。

江戸にいた頃も、京に行ってからも、菓子作りの才や技という点で、安吉が人に抜きん出たものを発揮したことはない。果林堂で世話になり始めた頃など、長門の世話という菓子作りとは縁のない仕事をさせられていた。結果としては、それが安吉に菓子の道を進ませるきっかけとなったわけだが、長門の信用を得てからも、安吉自身が才を伸ばす機会に恵まれたわけではなさそうである。

長門が江戸に遊学していた四年前の頃も、安吉が菓子作りの面で、長門から信頼されているようには――少なくともなつめの目には見えなかった。

その後、安吉が京でどんな修業をしてきたのかは、なつめも知らない。

だから、この機会に、安吉の菓子作りの腕前を見ることができるのは、とても楽しみだった。

「ところで、材料はどうするの。小豆《あずき》や砂糖は多めに用意してあるから、使ってもらってもいいのよ」

なつめが尋ねると、

「小豆は使わないよ。砂糖は薬屋へ買いに行くつもりだけど……」

と、安吉は首を横に振った。塩は少しだけなので使わせてもらいたいと言い添えたが、どうやら気をつかっているようだ。

「砂糖も使ってもらってかまわないわ。出来上がったら味見をさせてもらえるんでしょ」

「ああ、それはもちろんだよ」

なつめは楽しみにしていると言い置いて、その日は一人でうさぎ屋へ向かった。

安吉と再会して以来、新しい菓子を店に出すどころではなく、よもぎ饅頭もまだ出せていない。

（そういえば、郁太郎坊ちゃんからの知らせもないわ）

伊香保温泉から戻ってきて、もう半月ほどが過ぎている。

こちらも一段落したことだし、安吉も明日には照月堂へ挨拶に行くというから様子を訊いてきてもらおう。

（よもぎ饅頭は季節の養生菓子としてお客さまに食べていただきたいものね）

菓子作りに意欲を示す安吉を見たことで、なつめも負けてはいられないという気持ちになっていた。

朝のうちに小春の長屋へ寄り、事件が解決したことを話すと、「じゃあ、今日からあたしもお店に出ていいんですね」と大喜びされた。後からゆっくり来てくれればいいと告げたが、すぐに行くと言って、あっという間に支度を整えてしまったので、そこからは小春と一緒に店へ向かった。

ここ数日、店自体は開けていたものの、あのならず者たちが来やしないかと緊張もしていたので、それがなくなった今、心から晴れ晴れした気分になれる。

小春も張り切って接客に励んでおり、客に挨拶する声も弾んでいた。

そして、間もなく昼に差しかかろうという頃、「女将さん」となつめは小春から呼ばれた。

「照月堂からお客さんが……」

慌てて客席の方へ出ていくと、おそのが縁台に座っていた。

「お久しぶり、なつめさん」

「おそのさん、ようこそお越しくださいました」

おそのとは伊香保温泉に発つ時以来である。

餡団子と桑茶という注文を調えて運んだ際、なつめは安吉が今、泰雲寺にいることをおそのに伝えた。

おそのは幼い頃の安吉を知っており、当時、隣同士の長屋で暮らしていたという。子供を持たぬおそのは安吉のことをかわいがっており、安吉もおそのに恩を感じていた。

「何ですって、安吉ちゃんが⁉」

おそのは目を真ん丸にして、声を上げた。

「明日には照月堂さんへ挨拶に行くと、安吉さんが言っていました。待ち遠しいでしょうが、明日までお待ちください」

「あらあら、明日ですか。とても楽しみだわ」

おそのは心底嬉しそうな笑顔になる。

「安吉ちゃんはつつがなくやっているのかしら」

明日自分の目で確かめられるとしても気になるらしく、おそのはなつめに尋ねてきた。

「お元気ですよ。今日はお寺の台所で菓子を作ると言っていました」

「それなら、安心して明日を待てるわ」

おそのはにこにこしながら言った後、表情を改めた。

「ところで、今日は旦那さんと郁太郎さんの言伝を預かってきたんです。桝屋の小麦の粉は売ってもらえなかった。何でも今年の小麦はすでに買い取り先が決まっていて、大名家や旗本家といった大身《たいしん》のお武家衆が取り引き先なんだとか」

上州産の小麦の粉は量が多くなく、新たな客とは取り引きしないそうだ。照月堂でも仕入れてみようと久兵衛が乗り気になっていたため、この成り行きは残念だったという。

「それなら仕方ないですね」

旅先で見つけたよい食材を使って、新しい菓子作りをするのは心躍ることだが、それほど甘くはないということだ。

「私も近いうちにお邪魔しようとは思いますが、旦那さんと坊ちゃんにはお礼をお伝えください。私はこの先も引き続き、よい小麦を探してみますし、何か分かったらお知らせします、とも――」

「分かったわ。あきらめないのがなつめさんのいいところだものね」

おそのは、安吉となつめが照月堂へ来るのを楽しみにしていると言って、帰っていった。

それから、なつめは夕七つの鐘が鳴るまで客を迎え、店を閉めると泰雲寺への帰路に就いた。上落合村に入った時はまだ日暮れ前であったが、いつもより外にいる人が多いような気がする。

心なしか子供の数が多く、幾人かは手に椀《わん》のようなものを持っていた。寺で炊き出しをしているわけでもないだろうにと思っていると、顔見知りの子供が駆け寄ってきた。

「お姉さん、お帰りなさい」
七、八歳くらいの女の子が元気よく挨拶してくる。
「ただ今。そのお椀には何が入っていたのかしら」

空のお椀を指さしながら尋ねると、

「おまめかん」

と、耳慣れない言葉が返ってきた。

「おまめかんって、どういうものなの」

「お豆と……透き通ってて甘くて四角いの。つるっとしてる」

どうやらお菓子かと思われるが、もしや——。

「それは、どこでもらったの」

「お寺に泊まってるお兄さんがくれたの」

女の子はにこにこしながら言う。

「お姉さんも早くもらいに行くといいよ」

そう言って、女の子は他の子供たちのいる方へ駆け出していってしまった。

お豆とは何を言うのだろうか。小豆は使わないと安吉は言っていたが……。透き通ってつるっとしているものとは、葛《くず》が考えられる。いや、場合によっては、いまだ珍しいあの食材かもしれない。

村の道を泰雲寺へ急ぎながら安吉の姿を探したが、見当たらなかった。なつめは泰雲寺の境内へ入り、急ぎ足で庫裏へと向かう。

「ただ今、帰りました」

玄関で声をかけると、お稲が急いで駆け寄ってきた。

「お帰りなさいまし、なつめさま」

「安吉さんはいるかしら」

「はい。今日は忙しくしておいででしたよ。お作りになった菓子を先日のお礼とのことで、村の衆の家々に届けに行かれて」

安吉の菓子作りは、世話になった村人たちへの礼を念頭に置いてのことだったようだ。

「もちろん、了然尼さまとなつめさまの分も作ってお待ちですよ。そろそろお帰りになるだろうと、今は台所で準備をなさっておいでです」

「村の子供が〈おまめかん〉と言っていたものかしら」

「はて、おまめかん、ですか。豆と寒天《かんてん》の菓子だとお聞きしましたが……」

やはり寒天を使ったのだと、なつめはそわそわした。それまで料理として食べられていただけの寒天を、菓子作りに生かし、新しい菓子を作り出したのが長門であった。安吉は長門のそばで、寒天の扱い方を学んできたのだろう。

「まずは、了然尼さまにご挨拶してきます」

「では、了然尼さまのお部屋にお持ちするよう、安吉さんにお伝えしましょう。了然尼さまはなつめさまとご一緒に食べたいとお待ちかねでしたから」

お稲の言葉を受け、なつめは了然尼の部屋へ向かった。そこで、おそのが店に来てくれたことや、外で村の子供から安吉の菓子について教えてもらったことなどを話していると、間もなく安吉が「失礼します」と現れた。

手にした盆の上には、お椀が二つ。「どうぞ」と渡されるのを待ちかねて、中をのぞき込むと、赤黒い色の豆と寒天を固めて四角く切ったものに、透明の蜜がかけられている。

「これが、お豆かん、という菓子なんですか」

安吉に尋ねると、

「お豆さん？」

などと、とぼけたことを言っている。

「お豆かん、と言ったのよ。外で会った女の子がそう言っていたわ。安吉さんにもらったって」

「これは、豆と寒天の菓子だよ。俺はそうとしか言ってないけど……」

「あら、かわいらしい菓銘だと思ったのに……」

「名前はまだないよ。というより、完成もしていなくてね。果林堂では長門さまと職人たちがいろいろと試行錯誤しているところでさ。ぜひなつめさんや照月堂の皆さんの感想も聞きたいと思って、寒天と赤豌豆《あかえんどう》だけは少し持ってきたんだ。砂糖はこっちで買ったけど……」

ここの砂糖を使っていいと言ったのに、安吉はわざわざ薬屋へ買いに行ったようだ。

（あの安吉さんが遠慮したり、気を回したりするなんて）

そう思うとしみじみするが、今はそれはいい。この未知の菓子を早く味わってみたい。

「ほな、無名の菓子をさっそく味わわせてもらいまひょか」

了然尼が声をかけ、安吉はにこにこしながら「どうぞお召し上がりください」と告げた。

「いただきます」

どきどきしながら、なつめは添えられていた匙《さじ》を手に取る。

まずは、四角い寒天をすくって、舌に載せる。歯が当たると、ほどよい弾力を返しつつ口の中で崩れ、蜜と絡み合った。甘い蜜が一日の疲れを取ってくれるようだ。

続けて、赤豌豆を一つすくい、舌の上に転がした。これにも蜜はかかっているのだが、今度は嚙《か》むと塩味がよく利いていて、甘いものを食べた後の塩気が実にいい。と思うと、今度は甘味が恋しくなって、また寒天を口に入れる。次は赤豌豆、その次は寒天……最後は寒天と赤豌豆を一緒に食べる。

あっという間に、お椀は空になってしまった。

「いかがでしょうか」

安吉が了然尼の顔色をうかがうように見ている。

了然尼はじっくりと味わうように閉じていた目を開けると、

「甘さと塩気が絶妙の釣り合いを保っている菓子どすなあ。これから夏にかけて、食べていきたい一品《ひとしな》やと思いました」

と、微笑みながら答えた。安吉の表情にほっと安堵と喜びの色が浮かぶ。

「本当に……。赤豌豆にこんな食べ方があったなんて、考えてみたこともありませんでした。つぶして餡にしたり、甘く煮たり、扱い方はさまざまでしょうに、塩茹でにしてそのまま寒天と合わせる——こんな組み合わせがあるなんて」

昂奮《こうふん》を隠せないなつめに、安吉はにこにこしながら胸をそらした。

「だろ？　実はさ、これを思いつかれたのは長門さまなんだ。もちろんすぐ思いつかれたわけじゃなくて、今、なつめさんが言ったようなことも含めて、他にも何通りもの方法を試した後、これがいちばんだって落ち着いたんだよ」

「果林堂の長門さまをはじめとする皆さんの試行錯誤の証《あかし》なんですね」

本当に目新しくて美味しくて、すばらしいお菓子……と、なつめは胸の中だけでしみじみ呟いた。

安吉は表情を改めると、了然尼に向き直って頭を下げた。

「お二人の言葉は、果林堂の者に伝えさせていただきます。ありがとうございました」

「いえいえ、こちらこそ、美味しい品を味わわせてもらえて、ええ思いをいたしました」

安吉と了然尼が互いに満面の笑みを浮かべている。

「村の子供たちは、安吉さんが豆と寒天と言うのを聞いて、『豆』と『寒』をつなぎ合わせて、お豆かんと言っていたのね。でも、真面目な話、〈お豆かん〉はやっぱりかわいらしくて、いい呼び方だと思うわ」

なつめの言葉に、「うーん」と安吉は少し考え込む表情になる。

「お豆かん、か……。よし、そのことも長門さまにきちんとお伝えしよう」

安吉は心に刻み込むような調子で言った。

「安吉さんはこれを明日、照月堂さんにお届けするつもりなんでしょう？」

「ああ、そうしようと思ってるんだ」

安吉はすっきりした笑顔でうなずいた。

「せや、例の一件は収まりましたけど、安吉はんはこの先、どないしはるつもりどすか。安吉はんさえよければ、ずっとここに滞在してくれてもええんどすえ」

了然尼が思い出したように言う。安吉は今回の一件で危険が迫ったこともあり、そのまま泰雲寺にい続けることになったわけだが、この先のことは決まっていない。江戸の中心から離れた上落合村に留まり続けるのは不便ではあるものの、安吉はもうこの村の人々とたいそう仲睦《なかむつ》まじくなっている。

酒の席で親しくなった村の男衆に加え、今日は子供たちの心もつかんだことであろう。

了然尼の申し出はそれらを踏まえてのことと思われた。

「このままお世話になり続けてもよろしいのでしょうか」

安吉は喜びを滲《にじ》ませながらも、遠慮深い口ぶりで訊く。

「いくらでもどうぞ」

という了然尼の大らかな返事を受け、安吉は引き続き泰雲寺で宿泊することが決まったのだった。

第四話　卯の花月夜

一

三月も残り十日を切ったその日の朝、照月堂の厨《くりや》へ最初に足を踏み入れたのは、郁太郎であった。二年前、増築をした厨は、なつめがいた頃よりかなり広くなっている。

これでもまだ狭いと言う久兵衛は、隣家が空いたのを機に、買い取って住まいをそちらへ移し、今暮らしている仕舞屋《しもたや》の一階をもう一つの厨にすることを考えているらしい。

（今のお父つぁんは何だか……）

道具を検《あらた》めていた手を止めて、郁太郎は少し思案にふけった。

久兵衛のやり方に物申すつもりはない。この照月堂は父の店なのだから、父の思い通りにすればいいと郁太郎は思っている。

店を大きくして、金を稼ぎたいならそうすればいいし、どこぞの大名家御用達《ごようたし》という肩書きを手に入れたいならそれを目指せばいい。菓子屋番付の順位が気になるなら、どこまででも勝ちにいけばいいのだ。

だが、そうして膨れ上がった店を、自分が受け継ぐかどうかは、また別のこと。

郁太郎は久兵衛の長男として生まれ、たいていの家がそうであるように、長男としての自覚を促されて育った。特に障《さわ》りがなければ、長男が家を継ぐのは当たり前だ。照月堂のような菓子屋の場合、長男がどうしても継ぎたくないと言い張れば、跡継ぎは次男以下、もしくは娘が婿を迎えてということになるだろう。

久兵衛には娘がいないから、郁太郎か亀次郎が跡を継ぐことになる。今のところ、二人とも菓子職人の道へ進んでいるから、長男の郁太郎が跡を継ぐのが順当であった。

周りは皆、そう思っているようだ。久兵衛は時々「そんなんじゃ、この店を任せられねえぞ」と郁太郎を叱咤《しった》することがあり、その物言いから考えても、やはり郁太郎に照月堂を継がせる心づもりでいるのだろう。

かつては郁太郎もそれを疑ってはいなかった。跡取りにふさわしくあらねば、と常に気を引き締め、父のような菓子職人になりたいと思い続けてきた。祖父から父へと受け継がれたこの照月堂を、自分もまた大事に守っていきたい、と――。

その時、がらっと音を立てて厨の戸が開き、郁太郎は我に返った。

「や、今日も郁太郎坊ちゃんに先を越されちまいましたか」

郁太郎の兄弟子に当たる職人、三太《さんた》であった。実家は船橋《ふなばし》の菓子屋で、照月堂で修業をした後は実家へ戻って、その菓子屋を継ぐことになっている。なつめが去る少し前に照月堂へ来たのだが、今では久兵衛の一番弟子という立場であった。

「ここでは、坊ちゃんはやめてください」

苦笑を浮かべつつ、郁太郎が言うと、

「あ、そうだった」

と、三太が自分の頭を叩《たた》き、「悪かったよ、郁太郎」と言い直した。

厨へ入るのが遅かったことを言ったのか、それとも、兄弟子を注意するという気づまりな思いをさせたことを言ったのか。

前者だとして、弟弟子が兄弟子より先に厨入りするのは当たり前で、三太が謝らねばならぬことではない。しかし、それを指摘すれば、余計にこの場がきまり悪いものとなりそうなので、

「水を汲《く》んできます」

と、郁太郎はいったん、この場を離れることにした。

「待ってください」

坊ちゃんと呼びかけこそしなかったが、三太は再び敬語を使ってきた。

「それは、亀次郎と富吉にやらせましょう。見習いの仕事です」

同じように主人の息子であっても、亀次郎のことを三太はさらっと呼び捨てにした。そのことに、きまり悪さを感じているふうでもない。

「……分かりました」

郁太郎はうなずき、作業台の上の道具の検《あらた》めを再開した。

三太が火を熾《おこ》す支度を始める。これは三太の仕事なのだが、その前に水甕《みずがめ》を満たしておくべきだろう。空でないことは確かめてあるが、郁太郎は亀次郎と富吉が遅いことにいらいらした。

そうこうするうち、通いの職人である駿吉《しゅんきち》と敏三《としぞう》がやって来た。二人は厨を大きくしたのを機に入った職人である。それから少しして、最後に亀次郎と富吉が現れた。

「二人とも、すぐに水を汲んでこい」

郁太郎はつい厳しい声を出してしまった。富吉がびくっとした様子で、

「遅くなって、申し訳ありませんっ」

と、頭を深々と下げてくる。

「富吉を叱《しか》らないでやってくれよ」

亀次郎は頭を下げもせず、あっけらかんと言った。

「俺の筒袖《つつそで》が見つからなくてさ。一緒に捜してくれてたんだ。おっ母さんがしまう場所を変えたくせに、俺に言うのを忘れてたみたいで」

兄弟子たちより遅くなったことを悪びれもせず、友人を遅刻に付き合わせた上、遅れた

理由を母親のせいにしてはばからない——亀次郎の態度の甘さに、郁太郎は怒りと恥ずかしさを同時に覚えた。あきれて言葉も出てこなかったが、

「何はともあれ、お前たちは見習い。本来なら、俺たち職人の誰よりも先に厨へ入り、準備をしておくのが筋ってもんだろ」

三太が叱るというより、優しくたしなめる感じで、亀次郎に言う。

「ごめんよ。けど、筒袖なしで厨へ入るわけにはいかないだろ」

口の利き方も言っている中身も、郁太郎にはどうかと思われるのに、

「まあ、そうだな」

と、三太はあっさり納得してしまった。ちらと横目でうかがうと、駿吉と敏三もふだん通りの表情を浮かべており、特に亀次郎の態度に不満を抱いているふうではなかった。それどころか、相変わらずしょうがないなとでもいうような温かい眼差《まなざ》しを、亀次郎に向けている。すっかり恐縮している富吉への眼差しもきつくはない。

郁太郎とて、富吉を責めるつもりはまったくなかった。富吉は亀次郎に振り回されているだけだ。むしろ、郁太郎としては富吉を気の毒に思い、何とかしてやりたいと思っている。

「兄ちゃんは不満そうだな」

郁太郎の内心を読んだのか、亀次郎が口で突っかかってきた。三太をはじめ、その場にいる皆の顔から和やかさが消え、表情が強張《こわば》った。

なぜなのかは何となく分かる。主人の息子たちが諍《いさか》いを始めそうだから――ということもあるだろう。だが、亀次郎の突っかかった相手が自分でなければ――というより自分がこの場にいなければ、亀次郎が何をしようとも、こんなにきまり悪くはならなかったはずだ。

つまり、この場を居心地の悪いものにしているのは、この自分――。何だかんだ言いつつ、皆に好かれ、誰とでも気兼ねせずに付き合える亀次郎ではなく、その場にいるだけで他人に堅苦しい思いをさせてしまう自分なのだ。

そうは思っても、どうすれば亀次郎のようになれるかは分からないし、分かったところでできるとも思えない。だから、郁太郎はそれが最善ではないと分かっていても、いつものように振る舞うしかなかった。

「お前が気にするべきは、俺が不満かどうかということじゃないだろう？　どうして自分の失態に富吉を付き合わせ、富吉にだけ謝らせて、お前は謝らないんだ」

こんなふうに言っても、亀次郎が心を入れ替えるはずもないのは分かる。三太たちを今以上に困らせるだけだというのも分かる。だが、他のやり方が分からなかった。

「謝っただろ。なあ、三ちゃん。三ちゃんだって分かってくれ……」

「おい、亀次郎。その呼び方はよせ。示しがつかない」

さすがに三太が亀次郎に注意をする。厨の中では兄弟子を「さん」付けで呼ぶことになっていたが、外ではその限りでない。郁太郎とて外では三太を「三ちゃん」と呼ぶことが

あった。だが、その使い分けがしっかりできていないのは、亀次郎の考えの甘さに他ならないだろう。案の定、

「あ、悪い。いや、悪かったです、三太さん」

亀次郎はおどけた様子で笑ってみせた後、真面目《まじめ》くさった表情で言い直した。郁太郎の目にはそれすらふざけているように見えた。

「ああ、水汲みだったよな。富吉、ほら、行こう」

亀次郎は勝手に話を切り上げると、富吉に声をかけ、水甕の脇に置かれた水桶《みずおけ》を手に外へ向かった。富吉は申し訳なさそうに郁太郎を見つめ、もう一度黙って頭を下げると、急いで亀次郎の後を追う。

富吉が厨の戸を閉めるのを見届けると、

「俺の注意の仕方がまずかった。郁太郎に嫌な思いをさせて悪かったよ」

と、三太が郁太郎の肩を優しく叩きながら言った。

三太に謝ってほしくはなかったが、それは言えない。

「亀次郎が申し訳ありませんでした」

郁太郎は三太たち三人に頭を下げた。三太はもちろんのこと、駿吉も敏三も郁太郎より年上の兄弟子である。

「お前が謝ることはないさ」

三太は何げないふうに言い、駿吉と敏三も穏やかな顔つきでうなずいた。

「朝の忙しい時に限って、筒袖が見つからないって、俺にも覚えがあるよ」

「そうそう。まあ、親方より遅くならなくてよかったよな」

駿吉と敏三がわざとらしく明るい調子で言い合っている。それに対しても、今話しているのはそういうことではないのでは、と郁太郎は疑問を持ってしまうのだ。

「まあ、その、郁太郎。亀次郎のことは少し大目に見てやれ。あの年の頃ならあれがふつう、いや、ちゃんとしてる方だ。お前は何でも人並み以上にできちまうから、見方が厳しくなっちまうだろうが……」

三太が亀次郎を庇《かば》うようなことを言い出した。

「別に、俺は亀次郎にきつく当たっているつもりは……」

「もちろんさ。郁太郎の言ってることは正しいし、きつく当たってるなんて思ってない。けど、亀次郎はふつうなんだよ。お前と同じことを求めても、同じようにはやれないし、やる必要もないだろ。お前とは将来の道が違うんだしさ」

三太の言葉は、郁太郎は照月堂を継ぐ身であり、亀次郎はいずれこの店を出ていく身である、ということなのだろう。だから、亀次郎は郁太郎のようにやらなくても許される、ということなのか。

「親方のお考えもそうなんだと思うぞ。だから、お前には次々、難しいことをさせるのに、亀次郎には富吉と同じことしかさせてないだろ」

それは、郁太郎も感じていることだった。

久兵衛の、息子たちに対する態度は違っていた。もちろん、二人には年齢の差があり、修業を始めた時期が違うのだから、現在のそれぞれに対する態度が異なるのは当たり前だ。しかし、自分が二年前に久兵衛から叩き込まれたことを、今の亀次郎がさせられているかというと、そうは見えない。

（お父つぁんはどういうつもりなんだろう。三ちゃんの言うように、跡取りとそうでない息子を区別しているのか。それとも、ただ年下の亀次郎を甘やかしているだけなのか）

父親としても親方としても、久兵衛は厳しかったし、叱る時は手加減しない。それは相手が郁太郎でも亀次郎でも同じだったが、二年前、自分が厳格に指導されたことを、今の亀次郎ができなくても見逃されている――そう思えることはいくつもあった。

都合よく考えれば、久兵衛の自分への期待が大きい証《あかし》と見ることもできる。実際、三太たちはそう考えているようだ。

（けど、お父つぁんは……いや、お父つぁんだけじゃなく、おっ母さんだって、他の皆だって、たぶん俺より亀次郎の方を……）

考えてはいけないことを考えそうになった時、

「さ、もう親方がいらっしゃるぞ。駿吉と敏三は小豆《あずき》の具合を確かめろ、郁太郎は砂糖の目方を量っておけ」

と、三太の指示が飛んできて、郁太郎は暗い心の沼の一歩手前で踏みとどまることができた。

「はい」

三人がそれぞれの仕事に取りかかり、三太が竈《かまど》に戻って火を熾《おこ》した頃、久兵衛が厨の中へ入ってきた。

「おはようございます、親方」

と、通いの二人が挨拶《あいさつ》し、すでに仕舞屋で顔を合わせている三太は「ご苦労さまです」と挨拶した。郁太郎は黙って軽く頭を下げただけだ。

郁太郎にちらと向けられたその目が、何の感情も見せない冷たさで離れていった後、

「さあ、今日の仕事にかかるぞ」

と、久兵衛の最初の号令がかけられた。

二

久兵衛が仕舞屋から厨へ向かう少し前のこと。

井戸端では、亀次郎と富吉が水汲みをしていた。もっとも、手を動かしているのは富吉で、亀次郎は富吉が井戸水を汲み上げるのを見ているだけだ。

「お父つぁんより先に厨に入ったんだから、怒ることないのにな」

亀次郎が不平を漏らすと、

「誰も怒っていなかったけど……」

と、富吉が言い返してきた。

「兄ちゃんは怒ってただろ」

「早く水を汲んでこいと言っただけだよ」

「俺が謝ってないって怒ったじゃないか」

富吉が郁太郎の肩を持つようなことを言うと、ついにむきになってしまう。自分でもなぜかは分からないが、富吉にはどんな時でも、郁太郎ではなく自分の味方をしてほしいという気持ちがあった。

「亀次郎がお兄ちゃんに突っかかったからだろ」

富吉は再び言い返してきた。まあ、確かに突っかかったのは事実である。

「それでも、お兄ちゃんは怒鳴ったりしなかった。あれは亀次郎が悪いよ」

汲み上げた水を手桶にざあっと流し入れながら、富吉は冷静に言った。小さい頃から一緒に過ごしてきた富吉は兄弟も同じで、郁太郎のことも「お兄ちゃん」と呼んでいる。

「お前はいつでも、兄ちゃんの味方だからな」

亀次郎は口を尖《とが》らせ、富吉から目をそらした。

「そんなんじゃないけど……」

富吉は少し悲しそうな声で言い、釣瓶《つるべ》を再び下へ垂らした。

「兄ちゃんはいつでも正しくて、間違っているのはいつも俺。分かってるんだよ、そんなことは」

亀次郎は拗《す》ねた気分で言い、足もとの土を蹴った。

富吉はもう何も言わず、釣瓶の桶を引き上げ始めた。

自分の兄は何でもできて、いろいろ知っていて、すごい人だ——そう気づいたのはいつで、それが鬱陶《うっとう》しく感じられるようになったのはいつのことだったろう。

かつては自慢に思い、兄のようになりたいと思い、その真似《まね》ばかりしていた。だが、今は時々考えてしまう。もしも兄がいなければ——あるいは、郁太郎が自分の兄でなければ、自分はどうなっていただろう、と——。

「あのさあ」

ふと気づくと、富吉が釣瓶の桶を手にしたまま、話しかけてきた。水を手桶の方に移そうともせず、そのまま手を止めている。

「何だよ」

「怒らないで聞いてくれる？」

富吉が遠慮がちに尋ねてきた。だが、物言いは控えめながら、すでに言う覚悟を決めている目だ。「聞きたくない」と言えば、言わずに済ませてくれる気はあるのだろうか。

いや、どう答えたところで、富吉は自分に何か言うつもりだろう。亀次郎は返事もせず、富吉から目をそらした。

「お兄ちゃんは何も悪くないよね」

「分かったよ。元はといえば、遅れた俺が悪い。兄ちゃんが怒るのは当たり前だし、そもそも怒ったんじゃなくて、俺のために叱ってくれた。そう言いたいんだろ」

「さっきのことじゃないよ」

富吉は少しもじもじしながら言った。

「じゃあ、何のことだよ」

亀次郎は富吉に目を戻す。

「亀ちゃんがいらいらしてる本当の理由――」

どういうわけか、幼い頃の呼び名を富吉は口にした。

「何だよ、本当の理由って……」

思わず富吉に詰め寄ろうとしたが、

「うわっ」

亀次郎は声を上げて跳び上がる羽目になった。富吉が急に水を手桶に勢いよく流し入れたのだ。水が足もとにかかり、文句の一つも言いたかったが、亀次郎は口をつぐんだ。

富吉が突然態度を変えた理由に見当がついたからだ。

仕舞屋から、久兵衛が出てきたのである。富吉は釣瓶を元に戻し、亀次郎はちらと振り返った。

久兵衛は厨へ向かって歩きながら、こちらへ目を向けていた。仕事のついでにおしゃべりをしていたというより、おしゃべりをしながら仕事するふりをしていたことに、おそらく久兵衛は気づいていたはずだ。

怒鳴りつけられても仕方がないし、言い訳するつもりもない。

だが、久兵衛は立ち止まることなく、そのまま厨へ向かった。その時、亀次郎は一瞬だけ父と目が合った。

すぐに自分から離れていったその目を見て、

（ああ。また、あの目だ）

と、亀次郎は思う。

父から向けられる眼差しに冷えたものを感じるようになったのは、亀次郎が職人見習いとして厨へ入るようになってからであった。

それまで父親でしかなかった相手が、菓子職人の親方になった。厨では他の職人と同じように接すると言われ、お父つぁんと呼ぶことも禁じられた。

それ自体は分かっていたことだし、覚悟もできていた。

だが、厨へ入って、親方としての父を目の当たりにし、親方として郁太郎に接する父の姿を見て、亀次郎は気づいたのである。

父が、出来のいい兄に大きな期待を寄せているということに――。それは別にかまわない。ごく当たり前のことだ、父親としても親方としても。

だが、その一方で、父はすでに見定めている。亀次郎は兄に並び立つだけの才もなければ、努力する根性も持ち合わせていないのだと――。

こんな気持ちを他人に話せば、まだろくに修業もしていないくせに何をほざくのだと笑われるだけだろう。自分の才を決めつける前に、まずは兄に負けないだけの努力をしてみろと――。

もともと亀次郎が菓子職人の道へ入ったのは、それ以外の道が考えられなかったからでもあるが、兄の後を追いかけ、追いつきたいという、子供の頃からの変わらぬ願いゆえでもあった。

だが、ここへきて、その気持ちが消えつつある。

生真面目《きまじめ》に、たゆまない努力を続けている兄を見ていると、無性にいらいらするのだ。そして、自分が兄と同じことをしても、先を行く兄には決して追いつけないことも分かる。兄は決して止まったり、怠けたりしないのだから。その上、あの父を認めさせるだけの才を持っている。

だったら、自分は兄とはぜんぜん違う道へ進んだ方がいいのではないか。近頃ではそんなことまで考えるようになってきていた。今ならばまだ引き返すこともできる。それに、次男の自分は照月堂の行く末に責任を持たねばならぬ立場でもない。

久兵衛の姿が厨へ入っていった後もなお、いろいろ考えていた亀次郎は、

「ほら、もう行くよ」

と、富吉から促されて、はっとなった。亀次郎が持ってきた手桶にも、すでに水が入っていた。

「あんまり遅いと叱られちゃう」

富吉は先に自分の手桶を持って歩き出した。

「なあ、さっきの話は……」

「後で話すよ」

富吉は振り返りもせずに言った。


それから、亀次郎と富吉は厨へ運んだ水を甕に入れ、その後は次々に出る洗い物をこなし、出来上がった菓子を店へ運ぶなど、こまごまとした雑用に追われた。手が空けば、久兵衛をはじめとする職人たちの作業を後ろで見学する。

郁太郎はすでに見習いではなく、職人としての仕事の一環を任されており、この日はこし餡《あん》作りの一工程、茹《ゆ》でた小豆を潰しては笊《ざる》に入れて漉《こ》し出す作業を行っていた。

目の前の小豆から目をそらさず、一心不乱に取り組む兄を見ていると、亀次郎は複雑な気持ちになる。誇らしい気持ちが湧く一方で、焦りと引け目といった、向き合うのが嫌な気持ちも浮かんでくるのだった。

ならば、兄以外の職人の手わざに目を向ければよいのだが、いったんそうしても、気づかぬうちについ郁太郎に目を戻してしまう。

そんなこんなで、余計な気疲れをした亀次郎は、昼餉《ひるげ》のための休息の時までにかなりくたびれてしまった。富吉と一緒に仕舞屋へ戻って、おそのに用意してもらった握り飯を食べると一休みしたかったが、中断していた富吉の話も気になる。

亀次郎は富吉と一緒に庭へ出た。部屋の中では、襖《ふすま》や障子を閉めていてもうっかり声が漏れたりするものだが、外であれば盗み聞きの恐れもない。

「今朝、俺がいらいらする本当の理由がどうとか言ってたよな。あれ、どういうことだよ」

亀次郎は荒々しく富吉に詰め寄った。

「怒らずに聞くと言ったじゃないか」

富吉は恨めしそうな目を向けてくる。

そんな約束はしていないが、ここで言ったの言わないのと言い合いをしても始まらないので、「分かったよ」と亀次郎は引き下がった。

富吉は安心した様子で口を開く。

「亀次郎はお梅ちゃんのことが気になるんだろ」

思いがけない言葉に、亀次郎は固まった。富吉の口から出てきたのがまったく予想もしない名前だったからだ。

「亀次郎が描いたお梅ちゃんの絵、すごく上手《うま》かったもんな」

富吉の口ぶりはからかうようなものではなく、素直に亀次郎の腕前を褒め称《たた》えるものであった。

だが、亀次郎はお梅が好きだから、彼女の顔を描いたのではない。頼まれたから描いたのだ。本人に見せる前に、第三者の感想が聞きたくて富吉にだけ見せたのだが、失敗だった。今になって、亀次郎はそのことを深く悔やんだ。

「似顔絵が上手いからって、お梅ちゃんが好きだってことにはならないだろ？　それに、今は俺がいらいらする理由の話じゃないのか。大体、お前はさっき、兄ちゃんは悪くないとか言ってたよな。それと今の話に、どういうつながりがあるんだよ」

ようやく気を取り直して、亀次郎は口を開いたが、自分でも不自然なほど早口になってしまった。

「大ありだよ。亀次郎、あの後、言ってたじゃないか。お梅ちゃんがお兄ちゃんの似顔絵を欲しがったって」

「そうだよ。だから、兄ちゃんの似顔絵を描いて、お梅ちゃんに渡した。ばれたら嫌がるかもしれないから、兄ちゃんが伊香保に行ってる間にな。けど、それが何だっていうんだ」

「亀次郎はそのことで、いらいらしてるんだろ。お兄ちゃんに当たってるんだ」

「まさか」

亀次郎は本心から抗弁した。

お梅のことは嫌いではない。絵を描くのが好きという共通の話題もある。仲良くしたい気持ちはあるが、お梅が他の誰かと仲良くするのが嫌というわけではない……と思う。

お梅は郁太郎の顔を「きれいよね」とよく言っていた。亀次郎も「そうだね」と返していたし、実際そう思っていた。似顔絵を描いてみてはっきりと分かったが、兄の顔は女のように優しげなつくりをしている。父にも母にもあまり似ていなかった。

（お梅ちゃんが顔だけじゃなくて、兄ちゃん本人を好きなのだとしても……）

だから何だと言うのだ。それを邪魔してやりたいとは思わないし、そもそも郁太郎とお梅は特に親しいわけでもない。お梅が郁太郎の似顔絵を欲しがった時、驚きもしたし、いっとき理由《わけ》も分からず気持ちが沈みはしたけれど……。

富吉は、亀次郎がお梅のことを好きで、お梅が郁太郎を好きかもしれなくて、だから亀次郎が郁太郎に突っかかっていると、思っているのか。

「そんなこと、あるわけないだろ」

そんな小さなことで、自分はいらいらしているんじゃない。確かに、郁太郎を見ると落ち着いていられなくなるし、複雑な気持ちにはなるが……。

「んー、そうかなあ？」

富吉は亀次郎と言い争おうとはしなかったが、納得しかねるといった表情で首をかしげている。

亀次郎もまた、自分の気持ちが分からなくなりかけていた。

三

京から江戸へ出てきたという安吉が、照月堂へ挨拶に来たのは、夏を間近に控えた三月二十五日のことであった。昼八つの頃、安吉が仕舞屋で待っているという知らせを受けた久兵衛は、仕事が一段落すると、まず一人で会いに行ったが、厨へ戻ってくると、郁太郎と亀次郎に、仕舞屋へ行って安吉に挨拶してこいと告げた。

三太や富吉も面識はあるが、二人が照月堂へ入った時、安吉はもう京に行っていたので、厨で一緒に働いたことはない。駿吉や敏三は面識すらないので、自分たち兄弟だけが声をかけられたのだろうと、郁太郎は思った。

さらには、それだけの職人で後の仕事は回せると考えたのか、

「郁太郎、お前はこの後、辰巳屋《たつみや》に行け」

と、久兵衛は命じてきた。いろいろと言葉が端折《はしょ》られているが、要するに、辰巳屋へ行く安吉の付き添いをしろということだろうか。念のために訊《き》き返すと、

「他に何がある」

素っ気ない声で言い返された。

辰巳屋とは、かつて照月堂で働いていた職人の辰五郎《たつごろう》が営む菓子屋である。辰五郎はちょうどなつめと安吉が照月堂に現れた頃、入れ替わるような形で店を出ていった。先代市兵衛の弟子だったのだが、茶席の主菓子《おもがし》を追求する久兵衛とは考えが合わず、独り立ちしたのである。

辰五郎の他界した父親は「辰巳屋」という蕎麦屋《そばや》の主人だったそうで、辰五郎は蕎麦職人にはならなかったが、店の名だけでも継ぎたいと、本郷で辰巳屋という菓子屋を始めた。

辰五郎は格式のある主菓子のような菓子ではなく、町の人が気軽に口にでき、腹も満たせるような菓子作りをしたがっていた。店を始めた当初は客も集まり、人気も出たのだが、やがて、他の店の妨害に遭い、休業に追い込まれる。

その後、上野《うえの》の大店《おおだな》である氷川屋《ひかわや》に乞われ、その親方として勤めたが、二年半ほど前、その座を若旦那《わかだんな》の菊蔵《きくぞう》に譲って、再び辰巳屋の暖簾を掲げた。

今では嫁ももらい、自分の店で望み通りの菓子作りをしている。

郁太郎は子供の頃から辰五郎を慕っており、今も辰五郎の菓子作りには関心があった。久兵衛とは違う道を選んだ辰五郎の心境も、本人から聞いたことはなかったが、いつかはじっくり聞いてみたいと思っていた。特に近頃はいろいろなことが気にかかり、自分自身もこのままでいいのかと思い悩むこともあって、そうした気持ちが強くなっている。

(もしかして、お父つぁんは俺の迷いに気づいて……?)

ひそかに思いめぐらしたものの、久兵衛に尋ねることはできないし、訊いたところで答えてはもらえないだろう。

「分かりました」

郁太郎は素直に答えた。

「今日はもういい。安吉をしっかり世話してやれ」

つまり、今日の厨での仕事はここまででいい、ということだ。ちらと亀次郎に目をやると、思った通り、不服そうな表情を浮かべていた。

――どうしていつも兄ちゃんばっかり。伊香保温泉だって、今回だって。

そんな声が聞こえてきそうだ。

一日の大半を厨での仕事に費やし、自分の好きなことをするのは夕方から就寝までの間だけ、という暮らしに、亀次郎が窮屈な思いをしているのは、郁太郎も分かっていた。今、何より息抜きを欲している亀次郎の目に、兄だけが特別扱いされているように見えていることも。

だが、伊香保への旅にせよ、今日の辰巳屋訪問にせよ、自分にとっては遊びではない。どちらも、菓子作りの道の糧《かて》となるべきことなのだ。

もし亀次郎がうらやましがってきたら、なだめつつ、内心の思いを打ち明けるつもりだったが、亀次郎は厨を出てからずっと無言で不貞腐《ふてくさ》れていた。そのくせ、仕舞屋の客間で安吉に再会した時は、

「安吉兄ちゃん」

と、子供の頃のような明るい声を出し、屈託のない表情に戻っていた。

「お兄さん、お久しぶりです」

郁太郎は折り目正しく挨拶した。

「坊ちゃんたちは大きくおなりで。いやあ、見違えましたよ。お二人とも、筒袖姿がお似合いですね」

安吉も笑顔で応じた。その傍らには番頭の太助《たすけ》が座っており、

「いやいや、見違えたっていうなら、安吉さんだって相当なもんですよ」

などと言って、ふだんの生真面目な顔を綻《ほころ》ばせている。

店の商いを仕切っている太助は、最も古くからいる奉公人で、ずっと照月堂を支えてきた。かつて職人として腰の定まらなかった安吉を気にかけていたこともあり、帳場を他の者に任せ、少しだけ顔を出したということらしい。

照月堂の面々が安吉と最後に会ったのは四年前で、その時は京の果林堂の長門たちが一緒だった。

長門は郁太郎より三つ年上。当時はまだ少年だったが、それでも安吉たちの上に立ち、久兵衛とも対等に話をする長門の姿は、鮮やかに郁太郎の脳裡《のうり》に焼き付いている。その長門と一緒にいる安吉は、京へ行く前よりずっと生き生きしているように見えたものだ。

「安吉さんが働いている果林堂さんはね、来年以降、江戸《えど》店《だな》をお出しになるおつもりなんですって」

おまさが教えてくれた。

「え、本当ですか」

郁太郎は思わず前のめりになってしまう。

「それじゃ、安吉兄ちゃんは江戸に帰ってくるの？」

亀次郎も昂奮《こうふん》気味に尋ねる。

「あ、ああ。江戸店の主人は長門さまなので、俺もご一緒することになると思います」

「そうですか。長門さまが……。早くお会いしたいです」

郁太郎は長門の面影をよみがえらせ、再会した時にはあれも訊こう、これも訊きたいと、さまざまなことを思い浮かべた。だが、

「それじゃあ、おそのさんがすごく喜ぶね」

と、亀次郎が口にした瞬間、冷水をぶちまけられたように我に返った。おそのが子供の頃の安吉をかわいがり、安吉もその恩を感じているということは、照月堂の誰もが知っている。

郁太郎は思わず亀次郎の顔を見やり、それから「そうですね」とおそのに目を向ける安吉の笑顔をじっと見つめた。そして、自分と亀次郎との大きな隔たりに、改めて気づかされた。

どうして、自分は今の話からすぐに、安吉とおそののことを思いやれなかったのだろう。長門との再会を思い描くより、目の前にいる身近な人の心に寄り添うことが、人情であろうに。

（人が皆、亀次郎を好きになるのは当たり前だ……）

屈託なく微笑《ほほえ》む亀次郎の顔は、ここ最近よく見せられていた仏頂面と違い、幼い頃の素直さがそのまま出ていた。おまさ譲りの愛くるしい顔だ。

（俺とは似ていない。当たり前か。俺にはおっ母さんの血が流れていないんだから……）

これまで思ってみたことのない考えが唐突に浮かんだ。もし自分にも優しいおまさの血

が流れていたら、弟のように、人を思いやることができたのだろうか。弟のように、人からも好かれたのだろうか。

（どうして、俺はこんなことを……）

郁太郎はその場の和やかな雰囲気を壊すまいと、懸命にこらえた。それからどんな話を皆で交わしたのかはあまり覚えていない。安吉が寒天菓子を持参してくれたから後でいただこうなどと、おまさが言っていたが、いつもなら前のめりになるその話さえ聞き流してしまった。

我に返ったのは、安吉がこれから辰五郎のもとへ挨拶に行くと述べた時であった。

「あっ、俺がお供します。お父つぁんからもそうするように言われましたので」

郁太郎は慌てて言った。

「えっ、郁太郎坊ちゃんが一緒に行ってくれるんですか」

安吉は初耳のようであった。

「あら、じゃあ、郁太郎は着替えていらっしゃい」

と、おまさに急《せ》き立てられるまま、郁太郎は自分の部屋で小袖《こそで》に着替えた。客間に戻ると、亀次郎はすでに辰五郎さんに会いたいってごねていたという。

「自分も辰五郎さんに会いたいってごねていたわ」

おまさがくすくす笑いながら言う。

「辰五郎さんとこのお菓子を土産《みやげ》に持って帰るよ」

郁太郎はおまさにそう言い置き、安吉と一緒に本郷の辰巳屋へ向かった。

辰五郎の店は、歯磨き粉の「乳香散《にゅうこうさん》」で知られた兼康《かねやす》の通りから、いくらか外に出た場所にある。大通りの賑わいに比べれば立地がよいとは言えないが、到着してみると、辰五郎の店から若い娘が二人出てくるのが見えた。菓子を入れたと見える紙の包みを手にしている。

「表から入っても大丈夫ですか」

安吉からの問いかけに、少し考えてから郁太郎は答えた。

「たぶん大丈夫だと思います。店番をしているのはおかみさんだと聞いていますけど」

おりょうという辰五郎の女房の顔は、郁太郎も知っている。だが、照月堂へ挨拶に来た時に会っただけで、親しく言葉を交わしたことはなかった。突然出向いて、自分と分かってもらえるか、少し不安だったが、

「あらまあ。照月堂のお坊ちゃん」

と、おりょうはすぐに気づいてくれた。明るくて、はきはきものを言う人という印象のまま変わっていない。

「お連れの人は、照月堂の手代《てだい》さんですか」

おりょうが安吉を見て問うたので、安吉を辰五郎の昔馴染《むかしなじ》みとして引き合わせる。

「安吉といいます。昔、ほんの少しの間ですが、この家でお世話になってたこともありま

して」

安吉が挨拶し、「まあまあ、そんなことがあったんですね」とおりょうは目を丸くしている。

「すぐに、うちの人を呼んでくるわ」

おりょうは帳場から勢いよく立ち上がった。

「あ、いや、俺たちが裏へ回りますよ」

と、安吉が慌てて言ったが、その時にはもう、おりょうの姿は奥へ消えていた。

待つほどもなく、辰五郎がおりょうに引っ張られるように現れた。

「やあ、本当に郁坊ちゃんと安吉だ。こりゃ、驚いたな」

辰五郎はいくらか半信半疑だったようだ。

「何よ、あんた。あたしが嘘《うそ》を吐いたとでも思ってたわけ？」

おりょうにやり込められ、「いや、そういうわけじゃ」と辰五郎はたじたじになっている。

「厨の方は大丈夫ですか」

郁太郎が尋ねると、すでに火は落とし、片付けをしていたところだったという。

おりょうが座っていた帳場の前には、大皿が二つ置かれていた。竹の籠がかぶせられたその皿の前には〈辰焼《たつや》き〉〈辰饅頭《たつまんじゅう》〉という札が立てられている。

「この二つが、辰五郎さんのお店の主役を張る菓子なんですね」

安吉が言い、興味深そうな目を向けた。〈辰焼き〉は小麦の粉で作った厚めの生地で餡を包み、楕円《だえん》の型に入れて焼いた菓子である。表面に「辰」の焼き印を捺《お》したこの焼き菓子は、辰五郎が照月堂で最後に作った菓子でもあった。

照月堂ではその後、焼き型を鯛《たい》の形に改良し、名も〈たい焼き〉として売るようになった。もともとは温かい焼き立てを売っていたのだが、久兵衛は冷めても美味《おい》しく食べられるようにと改良し、皮をふんわりと柔らかく仕上げた〈子たい焼き〉を作り出した。

今の照月堂では、この〈子たい焼き〉だけを作っているが、辰五郎はその元祖とも言うべき〈辰焼き〉を作っていることになる。

「まだ残っているか」

という辰五郎の問いに、「辰焼きはさっきのお客さんで売り切れちゃったわよ」とおりょうが答えた。やはり、辰焼きは焼き立てをできるだけ早く売りさばく方針とのことで、焼き上がった直後には、おりょうが店の外で呼び込みをするのだとか。

「いやあ、兼康の通りにまで響くような声を出すもんだから、恥ずかしくてさ」

「何言ってんの。誰のお蔭で、毎日、売り切れてると思ってるのよ」

陽気で勝気な女房に言いくるめられつつ、辰五郎は仕合せそうであった。辰焼きは買えなかったが、辰饅頭を買って、郁太郎と安吉は辰巳屋を後にした。

おりょうと安吉がいる前で、辰五郎が照月堂を出た理由や本音を問うことはできなかったが、女房と二人で営む小さな菓子屋の佇《たたず》まいは、ただ目にしただけで郁太郎の心をほんのりと明るくしてくれた。

「この後、安吉さんはどうするのですか」

兼康の通りまで戻ったところで尋ねると、安吉はこれから内藤宿のうさぎ屋へ寄り、なつめと二人で泰雲寺へ戻るとのことである。

「なつめお姉さんのお店……ですか」

伊香保へ赴いた際、養生菓子について熱心に語っていたなつめの言葉がよみがえってきた。なつめがその志を実現させていく店を見てみたいという気持ちが込み上げてくる。

「俺もご一緒していいですか」

「えっ、内藤宿まではけっこうありますよ」

安吉が少し驚いた表情を浮かべたが、郁太郎はなつめに約束していた小麦の粉が手に入らなかったことを直《じか》に伝え、きちんと謝りたいと言い訳を拵《こしら》えた。

「そうですか。それじゃ行きましょう」

と、うなずく安吉と連れ立ち、郁太郎はなつめの菓子茶店に向かって歩き出した。

四

その日、なつめはいつもより遅くまで店を開けていた。照月堂と辰巳屋へ挨拶に行った安吉が帰りがけに寄ると約束していたからである。

そして客もいなくなった七つ半時（午後五時頃）、安吉は思いがけず郁太郎を連れてやって来た。

「まあ、郁太郎坊ちゃんも来てくれたんですね」

なつめはいそいそと二人を迎え、最近店に出し始めたよもぎ饅頭を二人に供した。

「これが季節の養生菓子でございます」

少し澄まして言うと、

「お姉さんが伊香保温泉の旅の途中、考えていた菓子ですね」

郁太郎は嬉しそうな笑みを浮かべたが、その目の中には複雑そうな色がある。

よもぎ饅頭を真ん中で割って、口に入れた郁太郎はしばらく味わった後、

「思った以上に蓬《よもぎ》の香りが伝わってきて、餡もすっきりとしたいいお味です」

と、述べた。それから「小麦の粉のことはごめんなさい」と萎《しお》れた様子になって言う。

「桝屋の話を聞いて、てっきり手に入れられるものと思い込んで、お姉さんに期待させちゃって」

「郁太郎坊ちゃんが謝ることじゃないわ。私も甘えて坊ちゃんに任せっきりだったんだから、気にしないで」

なつめが明るく言うと、郁太郎は目を見開いた。

「おそのさんから、お姉さんは落ち込んでいないと聞いていましたけど、自分の目で見て安心しました」

「坊ちゃんがなつめさんにちゃんと謝りたいと言うので、お連れしたんだ」

横から安吉が口を挟んでくる。

「まあ、余計な気をつかわせてしまってごめんなさいね」

「いえ、それだけじゃなくて。お姉さんに……ううん、お姉さんのお店を見たかったって
いうのも理由ですから」

郁太郎は残っていた饅頭を口に放り込み、何かをごまかすように茶を口にする。やがて、
よもぎ饅頭を食べ終わってしまうと、

「そうそう」

と、安吉が懐から紙包みを取り出した。

「辰五郎さんの店で、辰饅頭を買ってきたんだ」

せっかくだからというので、三人でそれを食べることにした。

辰饅頭はふつうの菓子屋のものより若干大きめで、辰焼きと同じく「辰」の焼き印が捺
されている。

「おっ、この皮はずいぶんもっちりしているな」

安吉の言葉に、なつめと郁太郎も大きくうなずいた。

「これ、米粉を使っているんだと思います」

「郁太郎坊ちゃんのおっしゃる通りでしょうね。小麦の粉で作った皮より、もちもちして
いるわ」

「中のつぶ餡は素朴な感じで、この皮によく合ってるよ」

「本当に。塩味の利いた皮と絡み合って、絶妙ですね」

米粉の皮と素朴なつぶ餡の組み合わせがすばらしい。さすがは辰五郎、味に磨きがかかっていると皆で言い合う。

(私は伊香保に行くことがなければ、小麦の粉が産地によって違うことにも目を向けられなかった……)

小麦の粉にせよ米粉にせよ、職人ならば当たり前のように目にする食材である。だが、それらの中から産地も含めてどれを選び、何と組み合わせるのか——それはとても難しいことなのだと、改めてなつめは思い至った。

「辰五郎さんは以前、皆が気軽に食べられて、腹が膨れる美味しい菓子を作りたいとおっしゃっていたわ。今ではご自分の店を持たれて、それを叶《かな》えられたのね」

「ああ、まさにそれだな。俺も今じゃ、毎日菓子に囲まれてるけどさ。子供の頃は甘いもんを腹いっぱい食ってみたいと、毎日思ってたもんだよ。あの頃、辰五郎さんの店が近くにあったらなあ」

なつめと安吉がしみじみ語り合っているうち、いつしか郁太郎はおしゃべりに加わらなくなっていた。辰饅頭を一口、一口、吟味するようにゆっくりと食べている。

食べ終わった後も、何やら考え込んでいる様子に見えたのだが、

「辰五郎さんは、気軽にたくさん食べられる菓子を作りたくて、自分の店を持ったんです

ね」

と、ややあってから、郁太郎はなつめに目を据えて尋ねてきた。

「え、ええ。辰五郎さんが照月堂を出た時に聞いたお話だけれど……。坊ちゃんは知らなかったんですか」

てっきり知っていると思っていたので、問われたことに少し驚いたが、郁太郎は首を横に振る。

「何となくは知っていました。うちの店を出ていったのは、お父つぁんと考えが合わなくなったからだってことも薄々。でも、ちゃんと聞いたことはなくって」

久兵衛と辰五郎の間に、菓子作りの方針で諍《いさか》いと呼べるようなものがあったのは事実である。だが、辰五郎が店を出ていく時、二人の間にわだかまりが残っていたわけではない。互いを認めて道を分かつことになったのだが、久兵衛や辰五郎が郁太郎にはっきりと告げていなかったのなら、これ以上話すのは気が引ける。

なつめと安吉が口をつぐんでいると、

「でも、聞かなくても分かります。この辰饅頭を食べれば、辰五郎さんがどんな菓子を作っていきたいと思っているのか」

と、郁太郎はしみじみした調子で言った。

「なつめお姉さんも同じです」

郁太郎の双眸《そうぼう》に真剣な色が加わっていた。

「え、私……？」

「はい。お姉さんの作りたい菓子は伊香保の旅で聞きましたけど、今日、よもぎ饅頭を食べてよく分かったんです。人の体を健やかに保つ菓子を作りたいっていう、お姉さんの心からの気持ちが……」

「そう言ってもらえるのは、何よりも嬉しいわ」

なつめは素直な気持ちで礼を述べたが、郁太郎の表情はどこか硬い。

「そういう菓子を作りたいなら……お二人がお父つぁんのもとから離れて、自分の店を持とうとするのは当たり前ですよね。お父つぁんは主菓子ばっかり……裕福な人にしか愛《め》でてもらえない主菓子ばかり見ているから」

郁太郎の口ぶりはやはり硬く、そういう父を誇りに思っているというより、疑問を抱いているということが、はっきりと伝わってくるものであった。

なつめと安吉は顔を見合わせた。安吉は困惑した表情をし、目で訴えてくる。

――俺はろくなこと言えないから、なつめさん、うまく言ってくれよ。

安吉の言わんとすることは思い切り伝わってくるが、なつめとて、何を言えばいいのか分からない。何しろここまで真剣に悩んでいたとは知らぬことで、驚かずにはいられなかった。

（郁太郎坊ちゃんは旦那さんを尊敬していて、その道を追いかけるものだとばかり思っていたのに……）

いつの間に、こうした迷いを抱えるようになっていたのだろう。

(伊香保でおかみさんがお子さんたちを心配している話は聞いたけれど、坊ちゃん自身の口からは聞かなかったから、こんな思いを抱えているとは知らなかった。旦那さんと行き違いでもあったのかしら。それとも、他に何か理由でも――)

つらい思いをしているのではないかと想像するだけで、なつめの胸は痛んだ。

一方の安吉はきまり悪そうに、郁太郎となつめから目をそらしてしまう。

ところが――。

「安吉お兄さん」

と、郁太郎は突然、安吉を名指しした。

「へっ、な、何どすか」

驚きの余りか、安吉の口から聞き慣れぬ京ことばが飛び出してきた。常の状態ならば一言触れたいところだが、今はそれどころではない。

「お兄さんは果林堂でずっと働き続けるつもりなんですよね」

「へえ、そのつもりですが……」

「今回はたまたま果林堂が江戸店を出す話が出て、お兄さんも江戸へ帰ることが叶いましたけど、そうならなくても果林堂にい続けるつもりでしたか。京で骨を埋めるつもりで?」

「そうですね、そのつもりでした」

安吉はいつの間にか落ち着きを取り戻しており、郁太郎の問いかけにもまったく迷うことなく答えていた。

「果林堂は主菓子を作る菓子舗ですよね。お客さんはあちらのお公家衆やお武家衆なのでしょう？」

「はい、茶席での菓子を作るのを主としていますね。もちろん、町方のお客さんが、手土産や家で食べる用に買っていかれることもありますが……」

「それじゃあ、お兄さんはこの先、主菓子作りの道に進むということなんですね」

それは、久兵衛が目指す道と同じである。果林堂のような店で働いていれば、しかるべき茶席においてふさわしい主菓子を作り上げることこそ菓子職人の誉《ほま》れ――そういう考えに至るのも当たり前だ。

もちろん、長門に心酔する安吉だってそうだろう。だから、「主菓子作りの道に進むのか」という問いには、すぐにうなずくだろうと、なつめは思っていたのだが……。

「そうですねえ」

意外にも、安吉は少し考え込む様子を見せた。

「俺は、主菓子とそうじゃない菓子を分けてどうこうってのは、あまり考えたことがなくて……」

主菓子作りの最高峰とも言うべき京の菓子司《つかさ》に身を置きながら、そのことを考えたこともないとは――。

あまりにも予想を超えた返答に、郁太郎はすぐには言葉が出てこなかった。

「考えるまでもなく、果林堂は主菓子を作る店なんですけど……」

と、安吉はいつもより慎重な口ぶりで語り出した。

「俺は果林堂っていうより、長門さまについていこうと決めてるわけで、もし長門さまが果林堂を出るとおっしゃる日が来たなら、土下座してでもお供させていただこうと決めているんです」

「それじゃあ、お兄さんがそこまで長門さまに心を傾けた理由を教えてもらうことはできますか」

郁太郎がやや気圧《けお》された顔つきで問う。

「あ、それはですね。いろいろあって、ぜんぶ話していたら日が暮れちゃいますけど……」

「大事なところだけでも、教えてほしいんです」

「うーん」

安吉は少しだけ記憶をたどるように、虚空を見つめていたが、「やっぱりあれかな」と呟くなり、目を郁太郎の方へ戻した。

「俺が長門さまについていこうと決めたのは、長門さまでなけりゃ思いつかないような新しい菓子作りを、これからもずっと俺に見せてくれる、と思えたからなんです。新しい場所へ俺を導いてくれるっていうか、その、うまく言えないんですけど……」

「何となくは……分かります」

郁太郎は真剣な表情で言葉を添えた。

「長門さまが寒天の菓子を作り上げた時、その気持ちが確かなものとなりました。寒天は新しい食材で、それまでは料理でしか使われていなかったんですけど、長門さまは寒天で琥珀羹《こはくかん》という菓子を作られた。新しい菓子ですから、主菓子とか、主菓子以外の菓子とか、そういう分け方ってまだできませんよね」

そう言われるとその通りで、安吉にとって主菓子かそうでないかの仕分けが重要でないことは、よく分かった。安吉の頭の中には、長門が考案したり改良したりした菓子か、既存の菓子か、という分類しか存在しないのかもしれない。

「とはいえ、長門さまが才ある人だから、ついていきたいってわけでもないんですよ。才ある人っていうなら照月堂の旦那さんも辰五郎さんも、それからなつめさんだって、俺には才ある人に見える。郁太郎坊ちゃんもそっち側の人なんでしょう」

安吉は淡々とした口調で言った。その言葉に対しては口を挟むことができなかった。

「私なんてそんな才などないわ」という謙遜《けんそん》も含めて――。だから、なつめは無言を通し、郁太郎も口をつぐんでいた。

「寒天でいろいろ試していたあの時、もしも長門さまがたった一人で、まるで神のお告げでも聞いたかのように新しい菓子を考え出したら、俺は今みたいには考えてませんでした。長門さまを尊敬はしても、他の才ある人を尊敬したりうらやましく思ったりするのと同じだったでしょう。けど、あの時、長門さまは一人じゃなく、俺たちと一緒に菓子作りをしてくださったんです。俺たちにも――いや、ろくな手伝いもできないこんな俺にも、誰も見たこともないような新しい菓子を作り上げる喜びを与えてくださったんですよ。あの時の気持ちは……たとえ俺が爺《じい》さんになっても、三途《さんず》の川を渡る時でも、忘れることはないって思えるんです」

なつめと郁太郎が口をつぐんでから、ずっと一人でしゃべり続けていた安吉の話が終わった時、その場はしんとした静寂に包まれた。ここまで深い安吉の思いを聞いたことはなかったので、なつめは深く感動していたし、郁太郎も同じようであった。

ややあってから、

「辰五郎さんもお姉さんも、そして安吉お兄さんも皆、それぞれの菓子の道をちゃんと歩いてるんですね」

と、郁太郎はぽつりと、少し寂しそうな声で呟《つぶや》いた。

「照月堂の旦那さんだって、そうじゃありませんか」

なつめが言い添えると、郁太郎は少しはっとした表情になり、

「そうですね。確かに……その通りです」

と、呟いた。

「俺もお二人のように、早く自分の道を見つけたいのに……」

郁太郎の声はいつになく苦しそうに聞こえた。

「そりゃあ、ちゃんと見つけられますよ」

安吉がのんきな声で元気よく言う。

「郁太郎坊ちゃんはまだ若いんだから、これからでしょう。俺が郁太郎坊ちゃんの頃なんか、菓子職人の道を続けていくかどうかすら分からなかった」

「私なんて、菓子作りを始めてさえいなかったですよ」

あれになりたい、これになりたい病を患っていた自分を思い返し、なつめは言う。

眼差しを下に向け、なつめと目を合わせない郁太郎が今、迷いとそこから来る焦りを感じているのが伝わってくる。十四歳という背伸びしがちな年頃のせいでもあるのだろう。

安吉の言う通り、すべてがまだこれからという年頃で、郁太郎が焦る必要などないと思うが、それを当人に言ったところで納得してもらうのは難しいだろう。

「俺の周りの人は皆、俺がお父つぁんの道を同じように歩いていくと思ってるんです」

郁太郎はどこか頑《かたく》なな口調で言った。なつめ自身もそう思っていた一人だ。

「坊ちゃん自身は……その、違う道を行きたいと思ってるんですか」

安吉が若干躊躇《ためら》いがちに問いかける。

「まだ分からないよ」

顔を上げた郁太郎は訴えるように言った。その頼りなげな表情が郁太郎の幼い頃をなつめに思い出させる。

「でも、俺はお父つぁんとは違う人間なんだから、お父つぁんの目指したものをそのまま目指すのは違うような気がするんです。他の道が見えるわけじゃないけれど……」

「違っていても、同じでも、いいのではないでしょうか」

なつめは郁太郎の目をじっと見つめながら告げた。

「坊ちゃんの進む道が見つかったら、お聞かせください。私が伊香保の旅先でお話ししたように。今日、安吉さんが話してくれたように。坊ちゃんだけの物語を楽しみにしていますから」

なつめの言葉に、郁太郎の揺れていた瞳が徐々に落ち着きを取り戻していったようだ。

郁太郎はふうっと息を吐き出すと、

「はい、そうします」

と、答えた。素直な物言いにまっすぐな眼差しは、いつもの郁太郎である。先ほど見せた頼りなげな表情ももうなくなっていた。

話が一区切りしたところで、なつめは店を閉めることにした。戸締りをして三人で一緒に店を出たところで、郁太郎とはお別れとなる。別れ際、安吉は五日後にまた照月堂へ行くと告げた。今日、果林堂から久兵衛に宛《あ》てた書状を届けたのだが、その返事を受け取ることになっているのだという。

「あ、それなら、私もその日はご一緒させてもらおうかしら」

先ほどの郁太郎の曇った表情が頭から消えず、なつめは言った。

「姉弟子として、弟弟子たちが立派に勢ぞろいした姿を見せてもらわなくちゃ」

軽口に紛らせ、えっへんと胸を張ってみせると、あはははっと郁太郎の口から子供っぽい笑い声が漏れた。

「ぜひそうしてください」

郁太郎は笑顔のまま、弾んだ声で言う。

「お父つぁんに言って、特別な菓子を用意してもらいますから」

久兵衛のことを口にする声も明るくて屈託のないものであった。子供の頃のまま変わらないでいてほしい部分はあるが、いつまでも子供のままではいてくれない。成長が嬉しく、切なく、悩む姿を見るのは心苦しい。自分でさえそうなのだから、久兵衛やおまさはどれほどなのだろう。

伊香保でおまさから話を聞いた時は、さほど実感として伝わってこなかったことが今、確かな実感を伴い、なつめの心に迫ってきたのだった。

五

なつめはその日の晩、庫裏《くり》の縁側から裏庭に下りた。夏ももうすぐそこに迫った今、夜風は肌に心地いい。

庫裏の北東に当たる裏庭には、大きな桃の木と小ぶりな棗《なつめ》の木が寄り添うように植わっていた。

桃の木はすでに花が終わり、棗はこれから淡い黄白色の花を付けることだろう。棗の木は、了然尼となつめがこの地に移ってきた際、おまさが贈ってくれたものであった。

桃の実も棗の実も、なつめの菓子作りの材料として使われている。菓子を作るようになってから目に映る景色が大きく変わったと、改めてなつめは思った。

もし菓子作りをしていなければ、これらの木を見て思い浮かべることは今よりもずっと限られていたはずだ。

振り返れば、菓子を作りたいと思うようになったきっかけは、照月堂の菓子〈最中《もなか》の月〉と出合ったことであった。京で両親が亡くなった晩、最後に食べた菓子——それが最中の月。なつめにとっては思い出深い菓子だ。

当時、照月堂であまり売れていなかったこの最中の月をうさぎの形にし、〈望月《もちづき》のうさぎ〉と菓銘を変えるよう、案を出したのが辰五郎となつめであった。そうした経験が積み重なって、なつめは菓子の道を目指したいと思うようになったのである。

ただ、当時のなつめは、先日お稲に言われた通り、あれになりたい、これになりたい病にかかっていた。菓子職人もいつまで続くのか、と思われていた節があったのだが、この頃、久兵衛の父の市兵衛から言われた言葉がある。

「……焦《あせ》らずんば吉」

市兵衛がよくする占いの結果として教えてもらったものだが、なつめはこの言葉を胸に刻んで、ここまで来られたと思っている。菓子の道に出合うまでは、いや、出合ってからも、自覚していたわけではないが焦りがあった。自分が何者で、何をして生きていくのか、はっきりと、できるだけ早く知りたかったのだ。

これだ、と思う一方で、やはり違うと目移りする——それをくり返しては、さらに焦ることのくり返し。今にして思えば愚かだが、といって、あの頃の自分にそれを説き聞かせたところで納得できたとは思えない。

どうやって、そこから脱することができたのかといえば、市兵衛の助言はもちろん、久兵衛の教えや菓子作りに対する真摯《しんし》な姿勢、温かく見守ってくれた了然尼やおまさ、その他の人々との関わり合いや絆《きずな》が絡み合って、自分を導き、育ててくれたからだ。そうするうちに、養生菓子を作りたいという新たな抱負を持つことも叶った。

だから、郁太郎が心に迷いを抱えている今、かつての自分を導いてくれた人々のように、その助けとなることができれば、と思うのだが……。

「なかなか、うまくはいかないわ」

棗の木の前まで来た時、大きな溜息《ためいき》が漏れた。

久兵衛のような父を持つ郁太郎の悩みや迷いは、自分には計り知れないものだと思う。迷うゆえに、早く己の道を見定めたいと願うその心の焦りもまた——。

かつてなつめを支えてくれた「焦らずんば吉」という言葉を、郁太郎に伝えても甲斐《かい》はないだろう。言葉そのものは郁太郎だって知っているだろうし、分かっていてもできないから悩んでいるのだ。

「なつめはん」

不意に後ろから声をかけられ、なつめは振り返った。いつの間にか了然尼が来ていたことにも気づかぬほど、思いにふけっていたようだ。

「わたくしでよければ、話をお聞きしますえ」

尼衣は夜の闇に溶け込んでいるが、尼頭巾《ずきん》は夜目にも白く輝いている。

「先ほど、一緒にお菓子をいただいた時、話してくれるかと思いましたけれど……」

なつめが何も言わなかったから、気にかけてくれたということであった。

「了然尼さまは、何でもお見通しでいらっしゃるのですね」

なつめはふっと肩の力が抜けるのを感じた。

「実は、郁太郎坊ちゃんにちょっとでもいいから、気持ちが楽になることを言ったり、したりして差し上げたいのですが、何をすればいいのか、まったく分からなくて」

なつめはかいつまんで、今日の郁太郎とのやり取りと、自分が感じたことを了然尼に語った。

「郁太郎はんも、ご自分の道を歩もうとしてはるということどすな」

了然尼の眼差しがいつしか棗の木へと向けられていた。かつて了然尼となつめが暮らしていた駒込の大休庵《だいきゅうあん》には、なつめを引き取った時、了然尼の植えてくれた棗の木があった。

京で両親を喪《うしな》い、すべてが一変したなつめがやがて心を癒し、江戸の暮らしに慣れていくのにつれて、棗の木も大休庵の土に根付いた。

はっきりと告げられたことはなかったが、なつめにもしっかり根付いてほしいという願いをこめて、了然尼は棗の木を植えてくれたのではなかったか。

それならば、自分にとっての棗の木のようなものを、郁太郎に贈ることができたらいいなと、なつめはふと思った。

「人が己の道を進む時、代わってあげることはできまへん。周りができるのは、励ましたり寄り添うたりすることだけや。また、よかれと思うてした励ましも、下手をすれば余計なお節介になってしまいます」

「……本当にそうですね」

その時、了然尼の眼差しがなつめの方へと戻ってきた。

「せやさかい、あまり仰々しく考えず、励ます気持ちをこめて、何か郁太郎はんが喜ぶものを贈ったらどないどすか」

「私も今、同じことを考えていました。でも、何がよいのか分からなくて」

「深う考えたらあきまへん。郁太郎はんがいちばん喜ぶものは何ですやろ」

「それはやはり……お菓子でしょうね」

迷うことなく答えが出てきた。

伊香保への旅先でも、菓子について話す時の郁太郎は生き生きしていた。今の郁太郎にとっては悩みの種でもあるだろうが、それでも、なつめが照月堂に行くと約束した際、菓子を用意すると嬉しそうに話していた時の表情は屈託のないものであった。

「ほな、なつめはんが作ったお菓子を贈ったらええのと違いますか」

了然尼がはんなりと告げる言葉に、なつめは大きくうなずき返した。

「はい。やはり、それがいちばん喜んでもらえると思います」

しかし、菓子といってもいろいろある。何がいいだろうか。

せっかく安吉もいることだし、先日食べさせてもらった赤豌豆《あかえんどう》と寒天の菓子はすばらしかった。あれでなくとも、寒天を使った菓子ならば目新しく、郁太郎も喜んでくれるのではないだろうか。

「安吉さんに相談して、寒天の扱い方を教えてもらおうかしら」

「それは、どないですやろ」

了然尼の声からは、あまり後押しできないという気持ちが伝わってきた。

「安吉はんが主となって作るのを、なつめはんが手伝うんなら、それでもええと思います。せやけど、なつめはんが郁太郎はんを励ましたいのなら、その思いがこもった菓子の方が、郁太郎はんは喜びますやろ。たとえ、これまでに何度も食べたことのある菓子でも、その方が嬉しいと思いますえ」

了然尼はそれだけ言うと、先に庫裏の中へと戻っていった。

「私の思いがこもった菓子……」

それは何だろう。なつめの思いがいちばんこもった菓子といえば――。

（菓子職人を目指す前から、私の心に在《あ》ったのは最中の月。それとも、いちばん馴染みがある望月のうさぎの方になるのかしら）

だが、望月のうさぎといえば、照月堂でいつも作っている菓子である。それを照月堂の主人の長男に贈るというのはいかがなものか。

（なら、最中の月を望月のうさぎに変えたみたいに、別の何かに変えてみるのはどうかしら）

うさぎは、月に住むという伝承から思いついたものではあるが、そういえば、なつめの干支《えと》でもあった。辰五郎は辰年生まれゆえの命名らしいが、だからこそ、辰饅頭や辰焼きに愛着を持っているだろう。

なつめにとってのうさぎ、辰五郎にとっての辰のような何かが、郁太郎にもないだろうか。

（亀次郎坊ちゃんなら、亀が真っ先に浮かぶんだけれど……）

生憎《あいにく》、郁太郎の名前にはその手のものが入っていない。

（でも、何かあるはず）

なつめは心を決めると、考えをまとめるべく、急ぎ足で自分の部屋へと戻っていった。

同じ頃、照月堂の仕舞屋では、郁太郎が久兵衛に五日後の話をしていた。

その日、なつめも安吉と一緒に来ると話していたことを告げると、

「おお、そうか」

と、久兵衛の顔色が明るくなる。同じ江戸に暮らしていても、久兵衛は照月堂の仕事が

あり、なつめもうさぎ屋の仕事があるから、めったなことでは顔を合わせられないのだ。

「なつめも来ると分かっているなら、親父にも知らせて、当日来てもらうとするか」

久兵衛は機嫌よくそんなことまで言い出した。

「その日、お姉さんたちに何の菓子を出したらいいかな」

仕舞屋では、親方と呼ぶこともないし、敬語も使わない。ふつうの父と息子になって言葉を交わす。

「ふむ、そうだな」

久兵衛は少し思案した。

「お姉さんたちの喜ぶものを考えてよ」

「なつめたちが喜ぶものか……」

独り言のように呟いていた久兵衛がふと郁太郎にじっと目を向けてきた。

「なに？」

「めずらしい菓子じゃねえが、子たい焼きをお前が一人で作ってみるか」

父親としての気楽そうな物言いだが、その目の中には親方職人としての厳しさと、弟子の力を測ろうとする色が浮かんでいた。

「俺が一人で作ってもいいの？」

郁太郎はごくっと唾《つば》を呑《の》み込んだ。

子たい焼きはなつめが照月堂にいた頃、久兵衛が考え出したもので、今では照月堂の名を背負《しょ》って立つ菓子の一つだ。郁太郎も作り方は分かっている。だが、店で売る菓子は職人たちが共同で作るから、工程の一部をくり返すだけで、一からすべてを一人で作ったことはなかった。

「お前がぜんぶ一人で拵《こしら》えたと知りゃ、なつめたちは喜ぶだろう」

久兵衛の言葉に、郁太郎は喜ぶなつめの顔を思い浮かべた。

「やりたい。やらせてください」

郁太郎に迷いはなかった。

「一人でぜんぶできるな」

「大丈夫です」

「店の仕事をする間は、そっちの菓子作りはさせられねえぞ」

確かに、皆が一緒に作業をしている脇で、一人だけ別の菓子作りをするわけにはいかない。

「当日の朝早く、焼く前まで作っておきます。焼く時は、売り物の子たい焼きと一緒にさせてもらえれば……」

「いいだろう」

久兵衛は大きくうなずいた。いつの間にか、親方と弟子の会話になっていた。

「こし餡の煉《ね》りには、特に注意を払うんだぞ」

「分かってるよ、お父つぁん」

最後は、父子に戻って言う。

「その日まで、夜の厨でいろいろ試してみていいかな」

ふと思い立って郁太郎は訊いてみた。子たい焼きだけでなく、他にも作ってみたいものがある。

「好きにしろ」

久兵衛はあれこれ尋ねることはなく、すぐに許してくれた。

近頃、父の菓子作りについてあれこれ考えるようになってしまっていたが、父のこういうところが郁太郎は好きだった。深く立ち入ろうとせず、信じて任せてくれる。もちろん、何か困ったことになれば、手を差し伸べてくれることも分かっている。

父の好きなところだけを見て、そうでないところを見ずに生きていくことができたなら、たぶん今みたいに悩むことはなかったのだろう。子供の頃、そうだったように――。

懐かしく、温かく、同時に寂しい気持ちに駆られた。父に何か言いたいような気もしたが、いざとなると言葉が浮かんでこない。

「ありがと、お父つぁん」

結局、それだけ言って、郁太郎はすぐに立ち上がり、厨へ向かった。

途中、庭の一角に目を向けると、低木の卯木《うつぎ》に白い蕾《つぼみ》のついているのが見えた。郁太郎は少し足を止め、それをじっと見つめ続けた。

六

なつめと安吉が照月堂を訪ねたのは、五日後の四月一日。小の月の三月は往《ゆ》き、迎えた四月は五日に立夏《りっか》が控えている。

なつめはうさぎ屋を昼八つで切り上げると、安吉と待ち合わせて照月堂へ向かった。春も終わりの町並みは明るく、道を行く人々の顔はうきうきしているように見える。

到着したのは八つ半（午後三時頃）を過ぎていたが、その場に隠居の市兵衛が顔をそろえていたことに、なつめも安吉も驚きの声を上げた。

「大旦那さんにお会いできるなんて」

なつめは伊香保へ発《た》つ際、見送ってくれた時に顔を合わせて以来、安吉は四年ぶりのこととなる。

「安吉さんのことは、ここの皆から聞いていたよ。また江戸で暮らすことになるそうで、おそのさんが大喜びだ」

市兵衛は傍らのおそのを見やりながら、にこにこしている。

「まだ一年以上先の話ですが、俺も江戸へまた戻れることになって嬉しいです」

安吉もおそのの前では、子供のような屈託のない笑顔を見せる。

そうしてしばらく話をしているうち、久兵衛がやって来て、果林堂の主人であり旧知で

ある九平治への返事を安吉に渡し、

「この後、郁太郎が一人で拵えた子たい焼きを出すから、少し待っていてくれ。厨の方ももう片が付くからな」

と、言い残し、再び厨へ戻っていった。

「もう少し、ゆっくりしていけばいいのに」

おまさがなつめと安吉に申し訳なさそうに呟くが、

「お忙しいのは分かってますし、旦那さんがそうしていらっしゃることが、私たちは嬉しいんですから」

なつめは安吉と目を見合わせ、うなずき合った。

そうこうするうち、厨の仕事が一段落したらしい郁太郎と亀次郎、富吉がやって来て、子たい焼きを皆に配ってくれた。

「ほう、郁太郎がすべて一人で拵えたのかね」

市兵衛が皿に載った菓子をしみじみ見つめながら問う。

「うん。お父つぁんがやってみるかって言ってくれて。一人で拵えたのをちゃんと食べてもらうのは初めてだから、少しどきどきするけど」

郁太郎は嬉しそうに言いながらも、皆の反応を気にして少し緊張しているようにも見える。

「お兄ちゃんでも、どきどきなんてするの？」

郁太郎の隣に座った富吉が意外そうな声を上げた。

「そう言ってるだけだろ。さっきまでは自信満々の顔してたじゃないか」

富吉の隣の亀次郎が茶化すように言った。その声にどことなく棘《とげ》があるように聞こえたのは気のせいだろうか。なつめは思わず亀次郎に目を向けたが、

「それじゃあ、郁太郎の自信作を皆でいただこうかね」

市兵衛が明るい声で言ったので、皆が目の前の菓子に目をやり、亀次郎の発言からは気をそらされたようであった。

ちらと郁太郎の表情をうかがったが、亀次郎の言葉をさほど気にしているふうにも見えない。自分の考えすぎだったろうかと、なつめは思い、郁太郎の作ったという子たい焼きに目を移した。

冷めても美味しく食べられるということが特徴の子たい焼きは、すでに焼いてから時も経《た》っているようだ。

「いただきます」

皆で一緒に手を合わせた後、なつめは添えられた黒文字《くろもじ》を入れた。玉子の白身を丁寧に泡立てたものを小麦の粉に合わせて焼き上げた皮はふんわりとしている。口に入れると柔らかな舌触りが心地よく、中のこし餡は風味がよくて上品な味わい、まさに照月堂の、久兵衛から受け継がれた味と思えた。

「ふむ。茶席でも通じる味を出せているね」

市兵衛が満足そうに言い、おまさがその言葉に顔を綻ばせた。

「一つひとつの手順を丁寧に、真心こめて作ったことが伝わってきます。本当に美味しいですね」

なつめが言うと、安吉も口をもぐもぐさせながら大きくうなずいた。

「まったくです。京で出しても、茶席で大いにもてはやされること、間違いありません」

そんな賛辞を聞きながら、郁太郎は穏やかな表情を浮かべていた。

皆が子たい焼きを食べ終わると、亀次郎と富吉は厨へ戻っていった。後片付けの仕事があるのだという。郁太郎は戻らなくてもいいと言われているのか、おそのと一緒にこちらの後片付けをしていた。

その郁太郎が盆を手に立ち上がったのを機に、なつめは声をかけた。

「上州産の小麦のことで、相談したいことがあるんだけれど、少しだけいいかしら」

そんな話などはない。だが、郁太郎に用意してきた品を渡すのは、できれば他の皆がいないところの方がよかった。他の人の分を用意していないし、そもそも皆の前で披露できるような品でもない。

「あ、水沢うどんに使われていたという小麦のお話ね。それじゃあ、別のお部屋で話したら？　ここじゃ落ち着かないでしょ」

おまさが声をかけてくれた。本当に小麦の話と信じているらしいおまさに申し訳ないが、それを利用させてもらうことにする。

「それじゃあ、台所で片付けをしながらお話しさせてください。それなら、おそのさんもここでゆっくりできますし」

おそのは、お客にそんなことはさせられないと言うが、後片付けは郁太郎に任せるからと説得して、なつめはおそのから盆を預かり、郁太郎と一緒に台所へ行った。

他には誰もおらず、ゆっくり話ができそうである。

「お姉さん、小麦の話って……？」

ついこの間、今年はもう手に入らないと話したばかりなのだから、郁太郎が怪訝《けげん》そうな表情になっているのは無理もない。

「ごめんなさい。あれは言い訳なの」

なつめは言い、袂《たもと》に入れてきた紙包みを取り出した。

「これ、坊ちゃんに食べてもらおうと持ってきたの。食べ慣れたものでしょうけれど、受け取ってちょうだい」

「お姉さんが俺に――？」

郁太郎ははっとした表情になると、いくらか緊張した様子で包みを受け取った。

「開けてもいいですか」

なつめがうなずくのを待ってから、郁太郎は包みを開けた。

「これは……？」

「望月のうさぎに手を加えたものなの。何を拵えたか、分かるかしら？」

表面には縞《しま》模様を付け、全体にほんの少し黄な粉をまぶしてある。

「……たぶんですが、猪《いのしし》ですか」

郁太郎がきちんと分かってくれたことが嬉しく、なつめは思わず手を叩いた。

「その通りよ。分かってもらえたらいいな、と期待はしてはいたけれど」

「どうして、うさぎじゃなくて、猪にしたんですか」

郁太郎は不思議そうに首をかしげている。

「坊ちゃんは亥《いのしし》年でしょう？」

「え、そうですけど」

郁太郎は虚を衝かれたようであった。

「私はね、卯年なの。うさぎも猪もどっちも足が速くて、せっかちよね」

「そう……かもしれませんね」

「足が速いのはいいことだけど、時には、亀のような歩みが必要になることもあるでしょ？」

郁太郎の表情が困惑気味に揺れた。

「私はね、かつて大旦那さんから『焦らずんば吉』と言われたことがあるの。そのことを頭に置いて頑張っていたら、まがりなりにも菓子作りをしながら生きる道にたどり着けたわ」

「………」

「郁太郎坊ちゃんにも、焦らず吉をつかんでほしい。それなのに、どうして猪って思うかもしれないけれど、坊ちゃんの干支という他に、もう一つ理由があるのよ。猪の目を見てちょうだい。三角に似た、ちょっと面白い形なの」

郁太郎は菓子に施された模様の、猪の目に当たる箇所をじっと見つめている。明かり取りの窓の方に向け、目まで細めていた。

尖った頂点から左右の下方に広がった二本の線は、底辺と接するところで丸みを帯び、底辺の真ん中でちょっと内側にくぼむ。朝顔の葉っぱのような形だ。

「これ、猪目文様《いのめもんよう》といって、神社の建物などにも使われているのよ。仕合せを呼び寄せてくれるんですって」

「それで、これを……？」

郁太郎の目が少し潤んでいる。

「……ありがとう、なつめお姉さん」

まっすぐでひたむきな眼差しで、郁太郎は言った。

「正直、食べてなくなっちゃうのがもったいないけど、後でゆっくりいただきます。それとね」

郁太郎は猪目の餅を丁寧に包み直して、台の上に置くと、台所の棚から竹製の弁当箱を持ち出してきた。

「俺もお姉さんに菓子を用意したんです。あの、伊香保で話したでしょ。白い花はお姉さんみたいだって」

「え、ええ。馬酔木《あしび》の花を見た時ね」

「うん。俺がお姉さんに似合うと思うのは、お姉さんの名前の由来になった棗じゃなくて、別の花なんだけど」

その花の菓子を作ってくれたということだろう。郁太郎から渡された弁当箱をなつめはそっと開けた。

「まあ……」

それは美しい菓子だった。可憐《かれん》な白い花が黄色い丸盆のような土台に三つ載せられている。土台も菓子でできているのだが、まばゆいばかりの黄色は梔子《くちなし》で色付けしているのだろうか。それが黒い皿の上に載っているさまは、さながら夜の水面《みなも》に浮かぶ月のよう――。

そう思ってはじめて気づいた。丸盆のような土台はまさに水面の満月なのだ。この菓子は、水面の月に散った花のありさまを表しているのだろう。

真っ白な五枚の花弁が開いた真ん中には、花蕊《かずい》に見立てているのか、黄色の粒がついていた。細かいところまで丁寧に作られた見事なつくりである。

「〈卯《う》の花月夜《はなづきよ》〉と付けました。これは、卯月に咲き始める卯木の花、卯の花なんです。お姉さんには言わずもがなだろうけど、卯の花を詠《よ》んだ歌があって……」

そう断って、郁太郎は『万葉集』で見つけたという一首の歌を口ずさんだ。

五月山《さつきやま》卯の花月夜ほととぎす　聞けども飽かずまた鳴かぬかも

――五月山の卯の花が咲く月夜にほととぎすが鳴いた。ああ、もっと聞きたい。また鳴いてほしいものだ。

初夏の美しい情景と、夏を代表する鳥、ほととぎすの鳴き声を詠んだ歌である。

「この歌のことを話したら、お父つぁんが北村季吟《きたむらきぎん》先生から聞いたっていう話を教えてくれたんです。卯の花は昔から、月の光にも雪にもたとえられる美しい花なんだって。それを聞いた時、すぐになつめお姉さんのことが思い浮かびました」

郁太郎の作ってくれた菓子の白い花の部分が、黄金色の月の上で、きらきら輝いて見える。

「食べるのがもったいないっていう言葉は、こういうお菓子のためにあるのね」

なつめは菓子から目を離せぬまま呟いた。

「でも、ここで食べてくれると嬉しいです。感じたままの言葉を聞きたいから」

郁太郎はにこにこしながら勧めてくる。

言われるまま、なつめは添えられた黒文字で切り分け、〈卯の花月夜〉を口に入れた。

舌が煉り切りの滑らかさを感じ取った途端、それはゆっくりと溶け、口の中全体にしっとりとした甘みが広がっていく。

「美味しい……。こんなに美味しくて、きらきらした主菓子は初めてよ」

繊細な味わい、見た目の美しさ——それはもちろんすばらしい。だが、郁太郎が自分を思いながら作ってくれた菓子——この世でたった一つだけの——そのことが、思いがけないほどなつめの心を揺り動かす。

「よかった。お姉さんに喜んでもらえて」

郁太郎がしみじみした声で言った。

「本当にありがとう、郁太郎坊ちゃん」

郁太郎には計り知れないほどの才がある。そして、あふれんばかりの優しさがある。自分は姉弟子として何ができるか分からないけれど、この子の進む道をどこまでも見届けよう。

かけがえのない菓子を味わいながら、なつめはこの時、そう思ったのだった。

引用和歌

◆むらさきの一本ゆゑに武蔵野の草はみながらあはれとぞ見る（読人知らず『古今和歌集』）

◆五月山卯の花月夜ほととぎす聞けども飽かずまた鳴かぬかも（読人知らず『万葉集』）

時代小説文庫

し 11-21

卯《う》の花《はな》月《つき》夜《よ》 江戸《えど》菓子《がし》茶店《ちゃみせ》うさぎ屋《や》

著者 篠《しの》 綾《あや》子《こ》

2025年 1月18日第一刷発行

発行者 角川春樹

発行所 株式会社 角川春樹事務所

〒102-0074 東京都千代田区九段南2-1-30 イタリア文化会館

電話 03(3263)5247[編集] 03(3263)5881[営業]

印刷・製本 中央精版印刷株式会社

フォーマット・デザイン＆シンボルマーク 芦澤泰偉

ISBN978-4-7584-4688-4 C0193

http://www.kadokawaharuki.co.jp/[営業]

fanmail@kadokawaharuki.co.jp[編集] ご意見・ご感想をお寄せください。